U0815402

且更从教缓缓回

历代陌上花诗词选编

王永昌 项鸿强 王禹舜 黄鹏程 编著

吴越历史文化丛书
通识读物

杭州出版社

图书在版编目（CIP）数据

且更从教缓缓回 ：历代陌上花诗词选编 / 王永昌等编著. -- 杭州 ：杭州出版社，2025. 6. --（吴越历史文化丛书）. -- ISBN 978-7-5565-2886-8

Ⅰ. I22

中国国家版本馆 CIP 数据核字第 2025P55H94 号

QIEGENGCONGJIAOHUANHUANHUI——LIDAIMOSHANGHUASHICIXUANBIAN

且更从教缓缓回——历代陌上花诗词选编

王永昌　项鸿强　王禹舜　黄鹏程　编著

策划编辑　杨清华
责任编辑　何智勇
责任校对　陈铭杰
封面设计　卢晓明
美术编辑　王立超
责任印务　姚　霖
出版发行　杭州出版社（杭州市西湖文化广场32号6楼）
　　　　　　电话：0571-87997719　邮编：310014
　　　　　　网址：www.hzcbs.com
印　　刷　浙江新华数码印务有限公司
经　　销　新华书店
开　　本　710mm × 1000mm　1/16
印　　张　10.5
字　　数　300千
版 印 次　2025年6月第1版　2025年6月第1次印刷
书　　号　ISBN 978-7-5565-2886-8
定　　价　78.00元

“吴越历史文化丛书”编纂指导委员会

主　　　任：杨国正

常务副主任：沈　建　钱美仙　李赛文　汤丽玉

副　主　任：唐　锋　孙　超　吴云海　张　凯　胡廖明

委　　　员：黄　寅　王　巨　陈熊滨　胡映辉　沈向荣
吕建锋　金琴波　凌亦鹏　郑柏鹏　方英儿
王亚红　黄生云　徐冠玉　江跃良　王旭烽
杜文玉　徐吉军

“吴越历史文化丛书·通识读物”编辑委员会

主　　　编：杨国正

常务副主编：孙　超

副　主　编：沈向荣　吕建锋　江跃良　王旭烽　杜文玉
徐吉军

编　　　委：杨清华　陶初阳　陈利生　王长金　刘金炎
朱晓东　帅奇芳　汪磊君　汪　静

“通识读物”丛书审订：王旭烽

"吴越历史文化丛书"总序

文化是一个国家、一个民族的灵魂。文化兴，国运兴；文化强，民族强。城市历史文化遗存是前人智慧的积淀，是城市内涵、品质、特色的重要标志。

临安，西揽黄山云雾，东接天堂风韵，山水秀美，积淀丰厚，吴越文化特色尤为鲜明。唐末五代之际，出生于临安、发迹于临安的吴越国王、"上有天堂，下有苏杭"的缔造者——钱镠，布衣起家，以雄才大略和仁心善政，创造了吴越国数十年繁华，成就了后世江浙苏杭坚实的经济文化基础，为中华的强盛作出了不可磨灭的历史贡献，给后世留下了一笔宝贵的文化遗产。北宋著名诗人苏轼曾高度评价吴越钱氏治理吴越国的成绩："其民至于老死，不识兵革，四时嬉游歌鼓之声相闻，至于今不废，其有德于斯民甚厚。"此后千年，江南经济富庶、文化繁荣，经久不息。

日月恒升，山高水长。自公元893年至今，吴越国已影响后世千余年。它下佑了宋的高贵，成全了元的融合，点亮了明代文化科技的璀璨，增添了清代康乾的盛世荣光。个中力量，绵延不绝。

吴越国形成的"保境安民、纳土归宋、家国天下"的文化特质，在中华文明的发展长河中具有重要的历史文化价值和现实意义。秉承优良的钱氏家风，吴越钱氏后世人才辈出，群星闪耀，千余年间，载入史册的钱姓名家不胜枚举。吴越文化根脉相承、生生不息，始终涵养着天目儿女的精神家园，滋养着“钱王故里”的人文风物，也为文化发展提供了肥沃土壤和动力源泉。

临安这座城市不但拥有优渥的自然生态资源，还有着特殊的历史文化魅力。吴越文化不但是临安城市发展和文化形象的一张金名片，还是临安的“根”和“脉”。一直以来，临安历届党委、政府高度重视吴越文化的研究、传承和弘扬，做了大量卓有成效的工作。进入新时代，临安努力把吴越文化融入到城市肌理之中，妥善处理好文物保护与城市建设、经济发展之间的关系，在城市规划建设层面更加突出文脉传承，让历史文化和自然生态永续利用、同现代化建设交相辉映；深入探索吴越文化的当代价值，有效推动吴越文化活在当下、服务当代，用吴越文化浸润百姓心田，以现代文明点亮幸福城市……

“东南乐土，吴越家山”，让生活在这座城市的人能够从厚重的岁月积淀中汲取文化自信的养分。我们要以文化为魂，加快建设“吴越名城”，使临安在“两个先行”时代征程中打造出独具魅力的幸福之城。我们必须把这种精神发扬光大，牢牢把握“文脉之力”，以文塑城、以文育人、以文铸魂，激发城市文化发展的内在活力，让文化成为现代城市发展的不竭动力。为此，区委宣传部牵头，专门组织省内外有关专家学者对吴越历史文化梳理文脉、提炼精华，进行深入全面系统整理研究，从文献集成、基础研究、通识读物、应用研究四个方面进行学术攻坚，深入发掘吴越文化背后的人文、历史、哲学、艺术等价值，挖掘当代价值与内涵，编辑出版“吴越历史文化丛书”，并全力推动吴越文化纳入“浙江文化研究工程”。

我们出版该套丛书的思路，以晚唐—五代十国—两宋为纵横，以吴越历史文化为主题，对吴越国的发展史和吴越钱氏家族史进行全景式研究，深入挖掘并提炼吴越文化的当代价值。在此，衷心感谢为这一丛书撰稿的作家、学者，用生花妙笔书写了吴越文化的锦绣华章，从而以更细的颗粒度还原出吴越文化一幕幕真实的历史瞬间。

“吴越历史文化丛书”作为首套关于临安历史文化的大型丛书，具有里程碑式的意义。丛书融知识性、文学性和可读性为一体，兼具科学性、地域性和系统性。丛书的编纂出版，无疑向社会开启了一扇触摸历史、感知文明、认识人文临安的窗口，对提升临安对外形象将起到积极的推动作用。当然，因条件所限，在编纂过程中挂一漏万或者疏误之处在所难免，我们衷心希望得到学术界及其他社会各界的批评指正，以期今人及后人对临安历史和吴越文化的研究进一步深入，取得更大的成果。编纂“吴越历史文化丛书”是我区吴越文化研究领域的一种尝试，我们希望通过文化建设，进一步提升全社会的凝聚力和向心力，使之成为建设“吴越名城”的文化支撑和精神动力。

当前，打造浙江新时代文化高地的号角已经吹响。临安作为吴越文化的发祥地，文化自信是我们实现高质量发展的人文基因和精神密码，也是临安未来发展最基本、最深沉、最持久的力量。我们将继续努力挖掘和弘扬吴越文化，以文化的软实力推动经济社会发展，不断增强临安高质量发展的文化自信。

带着泥土的芬芳，踩着时代的鼓点，让我们蹚进历史的长河，寻觅吴越文化的星光灿烂；让我们跨上文化的航船，驶向“吴越名城·幸福临安”的繁华盛景。

“吴越历史文化丛书”编纂指导委员会
2023 年 4 月 21 日

深入浅出　娓娓道来

——吴越国通识读物浅介

有史以来，五千年中华民族，向以大时代为纲，譬如春秋战国、秦皇汉武、唐宗宋祖、元明清朝……就此纲举目张，铺开统一大网，以二十四史为坐标，由代代史家书宏文巨著，付后人记录春秋相传。

而那些夹在大时代间的过渡性时段，诸如三国两晋、南北数朝、五代十国、元末明初、清季北洋，纵然史书中不曾或缺，亦不乏古今大儒贤良于书海中研读订校，诚如金瓯残爿、吉光片羽，打捞历史缝隙中的珍珠，演绎茶馆戏台上的本事，虽成就一番自家品格，但相较于数百年大朝，这些狂飙激荡的历史转折期，因其短暂，终苦于无法天衣无缝地嵌入五千年宏大叙述，虚构与非虚构混淆一体，民间更多以演义、说书等方式口口相传。这些历史篇章，自然便难以构成中华民族庄重严谨的史学文化品格。

故此番吴越历史文化研究的全面计划（2023—2025）启动，推出文献集成、基础研究、通识读物及相应的应用研究，由此拉开大中华分合之远景格局，聚焦唐宋夹缝间五代正朔与十国藩属间的变迁，回眸当时明月，爬梳吴越肌理，深究裂变与重合的家国规律，寻察时代演进中的永恒与消亡。以史为鉴，视古喻今，此番文化举措，庶几重大焉。

通识读物以吴越地域呈现的物质与精神生活形态为内容，以深入浅出、图文并茂的通识体例为风格，以流畅清晰的笔力向广大读者娓娓道来。具体内容，一是定位在吴越国和钱氏家族上，包括吴越国近百年建国与纳归的历史进程、钱氏家族三代五王的家国境遇、吴越王陵墓葬所反映的时代规制和政权表达、吴越国时期钱氏著名后裔的人生状态；二是提炼吴越国的物品特质，包括秘色青瓷的考证与欣赏、丝织品的发展与供销、山林文化中的动植物生态；三是吴越国的信仰表达，主要集中体现在佛教艺术及道家文化上，以及相应的寺院塔庙建设等；四是吴越国的名人故事，他们基本属于非钱氏家族但在吴越国时期留下深刻印记的人物，他们的故事在基本史实的基础上亦有可能包括一定程度的传说；五是吴越国的民间故事，包括人物、地名、事件、习俗等一系列相应的小说演义、传说故事、山歌民谣等，其中折射出那个时代给后人留下的丰富的精神遗产。

然而，浮光掠影地数点一番当时岁月，记录一些特产风物，勾勒几个人物剪影，归纳几条进步意义，毕竟不是写作者们的初衷。深入浅出不是一个简单的成语，而是一番艰辛的历史叙述。把历史写透写深，固然艰辛；但把它写得通透易懂，难道不也是一件不亚于前者的修炼吗？

因此，一套通识读物，毫无疑义，是要有前沿学术来支撑的，是要有新鲜史料作论据的，是要有扎实观点来点石成金的。比如，我们如何来认识中央集权和边缘地域的关系，我们如何在人性层面上剖析历史趋势和个人希冀的纠缠，我们如何解读信仰与信仰间的相互对峙，我们如何评价在动荡年代中创造的无与伦比的美，我们如何正视智慧与死板、忠诚与背叛，等等。有时，胆怯恰好与善良同行，无奈却又和通透并举，自嘲有时和智慧同在，博大有时和虚无掺和。我们的通识中，如果有这样的丰厚认识、价值评判、辩证角度，那么我们的吴越小时代，就融入了今天的大时代，我们吴越国的短暂岁月，就是个贡献永恒精神的无垠长途，陌上花开，可缓缓归矣。

当然，我们还要奉献出我们的才华，我们的文辞表达需要精准朴实，又需要有韵律节奏，还需要拿捏文采，过犹不及。放眼全球，就文字而言，在通识读物中，许多人都是极赞赏荷裔美国人房龙的，他的《〈宽容〉序言》曾进入中国高中课本，开篇便言："在宁静的无知山谷里，人们过着幸福的生活。/ 永恒的山脉向东西南北各个方向蜿蜒绵亘。/ 知识的小溪沿着深邃破败的溪谷缓缓地流着。"

如果我们能把知识、历史和信仰表达成这样，我们的通识读物，目的就真正达到了。

王旭烽

2023 年 4 月 21 日

（王旭烽　茅盾文学奖获得者、浙江农林大学茶学与茶文化学院名誉院长）

自　序

我是从 2022 年春开始关注“陌上花”这一文化现象的。那年立春后的一天，我在野外漫步，无意间观察到陌上那些小草小花。这些看似不起眼的小小花草，却让人情不自禁地生发出渴望亲近自然、投射自我生命的心灵自觉。

随后，我进一步思考“陌上花”的审美意象。尽管唐代贺兰进明的《行路难》诗中就有“君不见陌上花，狂风吹去落谁家”的名句，但吴越王钱镠的“陌上花开，可缓缓归矣”亦是比较早的。吴越王钱镠借“陌上花”表达了对妻子的真挚思念，后人多加赞誉。随着时代发展变化，“陌上花”又被不断赋予新的内涵。比如，苏东坡诗中的陌上花、徐志摩的《陌上花开》，不仅歌咏回归自然的恬静状态，而且抒发了“江山犹是昔人非”的人文感叹，使“陌上花”不仅有审美的自然物象意义，而且更具有多重的人文意象价值。在当下，“回归自然”“守望田园”，反映了都市人对“诗意地栖居”的向往，至于“陌上花”引申出的“悲欢离合”的人文情怀，则取决于审美主体的不同心境。

2022 年春，我创作了一首以“陌上花”为题材的短诗，主题是抒发人生旅途及怀念少时友人的，由此接触到了“陌上花开”，便朦胧觉得，“陌上花”人人都不“陌生”，只是很多人将其深埋在心底而很少让其自觉走进日常生活。当你注视着田间路边这些小花小草，蓦然间，你会为这些小花小草的可爱可亲、温柔之美而赞叹，被它们的娇小倔强而折服，为它们点缀起春色大地而致谢！自然界有春夏秋冬，但人们却希望“春暖花开”常在，这就是人的心灵渴望。由此可见，临安、杭州、江南，不就是精致娇美的“陌上花”吗？历朝历代有不少文人墨客吟唱过“陌上花”，并留下了数以千计的诗文，这不是一种文化现象吗？近年来，浙江正挖掘传承吴越文化，“陌上花文化”不就是其中之一吗？为追寻陌上花开般的生活场景和审美价值，同年8月，我召集一群文化界朋友，对陌上花这一现象进行了初步探讨，试图以“自觉形态”讨论“陌上花现象”，推动研究其审美特征及历史演变，从而引导和培育“陌上花文化”现象，打造有区域特色的文化品牌，让“陌上花文化”在我们这个时代留下印迹。至于能否形成与陌上花文化相交融的、多向度和谐的现代诗歌流派或创作风格，则只能作为奢望而留于后人去努力。但不管怎样，通过挖掘“陌上花”中蕴含的纯真率意、生生不息的精神，与大自然融为一体、相得益彰的哲理，并将我们的诗歌和文学作品升华到如此理想，使现代诗歌中产生一种简约真实的自然美、人文美、历史美、心灵美相融合的境界，却是值得倡导的。

在这次“陌上花诗”的小小雅集活动上，为推动“陌上花文化”，我们提出一个任务，即尽可能广泛收集汇总历史上有关吟诵陌上花的诗词资料，并与临安区有关方面开展合作。《历代陌上花诗词选编》就是其主要成果。

《历代陌上花诗词选编》是我提议并组织编写的，但具体工作则是项鸿强、黄鹏程、王禹舜三位中国古代文学专业博士完成。他们根据各自研究重点分别收集、整理和点校中国历史上有关陌上花的诗词资料。文献收集是一项琐碎繁杂的工作，特别是近代、当代有关陌上花的诗作搜集难度更大，我们也只撷取部分有代表性的作品作了汇编，收录疏失之处在所难免。

同时，要感谢临安区委宣传部对本书出版的大力支持。杭州市临安区是吴越王钱镠的家乡，是钱王的出生地、成长地和归息地。钱王对家乡临安有着深厚的感情，他曾说："吾家世代居衣锦之城郭，守高祖之松楸，今日兴隆，化家为国，子孙后代，莫轻弃吾祖先。"千年来，吴越文化润泽塑造着临安人的魅力风骨和文化气质。当下，临安正着力建设"陌上花开，幸福来临"的吴越文化名城，希望本书能为临安挖掘和弘扬吴越文化提供一些基础性文献，以助力把"陌上花"打造成具有影响力的地域文化品牌。

通过本次资料整理汇编，我越来越感到，"陌上花文化"是一片难得的学术空白地，也是一个具有历史意义和现实价值的文化现象。本书的出版是陌上花文化研究的发轫之作、基石之作，期盼以我们的微末之力，吸引更多目光和力量聚集到这一领域，合力推动陌上花文化的研究和传播，让"陌上花"常开在你我他之间，常开在美好的人间。

陌上花开，缓缓归矣。

陌上花开，春暖人间。

目　录
Contents

壹　宋代

2　陌上花三首并引　苏　轼

3　江神子　苏　轼

3　陌上花八首　晁补之

5　满庭芳·忆钱唐　周邦彦

6　题罗畴老家《明妃辞汉图》　王庭圭

7　送周时用自别业还永嘉　朱　松

7　小重山（其二）　曹　组

8　和杨子士牛之什　李　石

8　和江子玉（其二）　胡　宏

9　赋青田　姚述尧

9　归乡二首（其一）　姜特立

10　又次邦衡族侄长彦司户韵　周必大

10　长相思（其三）　石孝友
11　春日有感　王　炎
11　风入松　俞国宝
12　还自益昌道得张仍修诗次韵　洪咨夔
12　山行纪事　洪咨夔
13　谨和老人春行　洪咨夔
13　又和宋侯三首（其二）　刘克庄
14　初至建邺　释元肇
14　陈山谒吴越五王分祠　刘　熺
15　陌　上　释行海
15　伤春志感　何梦桂
16　宋骑吹曲（其二）　谢　翱
17　雨饮无肴　董嗣杲
17　葛岭贾似道园池　汤仲友

贰　金元

20　上皇书扇后　党怀英
20　杨妃墓　赵秉文
21　鹧鸪天·效东坡体　元好问
21　寒　食　杨弘道
22　和李克约东皋杂兴四首（其四）　成廷珪
22　寄郭西野宪佥二首（其一）　程钜夫
23　前结交行　马　臻

23 鲁港行 何 中

24 晋宁丁节妇歌 袁 桷

25 偶 题 周 权

25 和刘实翁 刘 诜

26 拖 车 王 祯

26 春 雨 杨 载

27 题 画 虞 集

27 题蔡端明苏东坡墨迹后四首（其一） 虞 集

28 【双调】蟾宫曲·西湖寻春 徐再思

28 二月十七日寒食同胡子仁出城至广教寺登怀李阙 吴师道

29 浮云道院诗二十二首（其十四） 刘 鹗

29 濯濯江汉女 周霆震

30 送哈必齐文苑佥宪浙西 宋 褧

31 和杨侍郎辇下书事韵 汪泽民

31 江南春 倪 瓒

32 送杨知府之夔州 释大圭

32 江南曲 徐廷玉

33 陌上花 释 英

33 和陶彦承清明微雨 华幼武

33 夜饮送友人 沈梦麟

34 松竹卷子 邵亨贞

34 送汪用衡北上 王 冕

35 陌上花 胡天游

36 竹枝歌六首寄胡安定（其六） 吕 诚
36 嫠妇词 马玉麟
37 城南游次韵张光弼 马玉麟
38 对牡丹有所赠 张 宪
38 次林叔大都事韵四首（其二） 张 昱
39 水仙子 佚 名

叁 明代

42 杨贞妇王氏诗 贝 琼
43 薄命叹 黎 贞
44 戏简强彦栗 袁 华
44 次韵顾仲瑛书杜氏便面（其二） 袁 华
45 表忠观 沈 廉
45 故山春日七首（其七） 杨 基
46 寒食自遣 胡 奎
46 爱竹轩为陈维寅赋 高 启
47 陌上花 唐文凤
48 题湖山佳趣卷 王汝玉
49 春晴纵步 胡 俨
50 短歌行 黄 淮
50 别杨之宜 胡 广
51 乘化室为晏佥事彦文赋 李时勉
51 春蚕词 朱妙端

51 生　日　吴　宽
52 送王生还乡二绝（其一）　刘大夏
53 瓜州遇同年鲍栗之通判二绝（其一）　程敏政
53 送岳时雍上舍归河间　程敏政
53 四月八日陪王世赏编修郊行限韵　马中锡
54 【南仙吕】醉罗歌·怨别　陈　铎
54 邯郸行　石　宝
55 送苏指挥解职还江南　石　宝
55 陌上花叹　石　宝
56 送致政蒋用璋知县还吴　朱诚泳
57 浣溪沙　顾　清
57 落花图咏五首（其四）　唐　寅
58 自　笑　唐　寅
58 落花四首（其四）　朱　浙
58 咏志二十首（其十三）　黄　佐
59 缓缓归三首　邵经济
60 春　柳　谢　榛
60 送朱建阳　唐顺之
61 拟青青河畔草　王立道
61 行路难拟　亢思谦
62 奉命至西山坟园　黎民表
62 送吴明卿再谪睢阳司理（其二）　黎民表
63 临安怀古　田艺蘅

63 长相思・闲情 王世贞
63 二月三十日清明又唐初晦节 王世贞
64 《青衫记》（选段） 顾大典
64 乌衣巷 屠 隆
65 送章行父之景州 胡应麟
65 署中闻莺 陈懿典
66 落花四首（其二） 邓原岳
66 陌上花三首 陈邦瞻
67 【南吕】太师引・郊行见丽人 高 濂
67 浣溪沙・题情 高 濂
68 谷雨喜晴 顾天埈
68 送外弟秦木成应省试 公浮来
69 为王将军索赠所知王生（其二） 刘世教
69 与孙白谷言别 贡修龄
70 西 郊 祝 祺
70 仲春日繁台饯别秦右史致政还天台八首（其七） 朱朝瞌
70 【双调】沉醉东风 沈自征
71 南国篇 黎遂球
72 陌上花 程于古

肆 清代

74 陌上花乐府三首 钱谦益
75 题唐在湘湖海楼 黄宗羲

75　陌上花三首　吴景旭
76　明圣湖感怀和吴山　彭孙贻
77　奉和牧翁陌上花三首　柳如是
77　凭栏人·陌上　吴　绮
78　次张敦复学士赐金园春山八咏韵　孙枝蔚
78　煌煌京洛行　顾景星
79　述怀二首（其一）　冯云骧
80　八日汪上舍日祺招同诸公夜泛五首（其三）　朱彝尊
80　满宫花·南园　彭孙遹
81　悼亡诗十四首（其二）　王士禛
81　送西崖游粤西三首（其三）　王士禛
81　悼亡诗哭陈孺人及女宫作　王士禛
82　读东坡、无咎《陌上花》有感题后二首　王士禛
82　春山八咏同羹湖作陌上花　张　英
83　拟古诗十九首苏子卿怀李陵　李光地
83　塞外寒食　高士奇
84　送仲生（其二）　高士奇
84　摸鱼子·雄县泛舟　龚翔麟
84　钱塘怀古　倪承茂
85　表忠观　汪由敦
86　苏溪元配朱孺人挽诗　桑调元
87　吴越武肃正庙下作　胡天游
87　陌上花三首　朱仕玠

88 栾城留别 袁 枚
88 钱塘弩 归懋仪
89 偕凌衡甫和钧谒钱武肃王祠 陶玉珂
89 雨霖铃·过表忠观谒钱武肃王像 陶元藻
90 赋得原隰荑绿柳得荑字二首（其二） 纪 昀
91 吴越宫词十首（其二） 钱大昕
91 西湖咏古六首（其二） 赵 翼
92 陌上花 毕 沅
92 陌上花三首 谢启昆
93 春行杂忆三首（其一） 沈 初
93 吴门杂诗六首（其六） 秦 瀛
94 示内人归宁 黎 简
94 门有车马客 黄景仁
95 杭州怀古 李赓芸
95 社日朴园斋中咏燕二首（其二） 张问陶
96 钱唐怀古八首（其二） 乐 钧
96 吴越王衣锦还乡图五首（其五） 李兆洛
97 叠雪楼是钱武肃王射潮处六首（其六） 陈文述
97 青鸾阁梅花仙人歌答李香谷十首（其八） 陈文述
98 霪雨稍止柳翁招集书斋醉赋一绝留别 沈钦韩
98 清明过悯忠寺 沈钦韩
98 钱塘怀古四首（其二） 张维屏
99 凤凰山怀古 屠 倬

100　缝穷妇　斌　良
100　杂　兴　斌　良
101　题周铁瓢农《桃叶渡江图》　沈学渊
102　吴越宝正四年砖歌为六舟上人作　黄金台
103　湖上口占（其五）　吴振棫
103　陌上花　吴振棫
103　游籽余同年自镇沅卸事归省亲送别　牛　焘
104　春　燕　缪　治
104　钱塘怀古　查冬荣
105　钱塘怀古　陈如骅
105　凤凰山怀古八首（其二）　金　吰
105　临安道中　任昌运
106　钱塘怀古　张日熙
107　后闲情十二章（其二）　姚　燮
107　陌上花　蒋敦复
108　钱武肃王庙联　金安清
108　南浦·春草　蒋春霖
109　访宋钱氏书藏歌　劳　格
110　次韵谭仲修同年古意二首（其一）　孙德祖
110　幕中凌君子伟，咏春草有“旧梦南朝葬美人”句，喜其新警，续成三律（其一）　张洵佳
111　漫　兴　袁　昶
111　忆旧山　袁　昶

112 安州道上 锡 珍
112 钱王祠六首（其六） 皮锡瑞
113 陌上花·见菜花感赋 易顺鼎
113 忆旧游 易顺鼎
114 拟古二首（其一） 柯劭慧

伍 近现代

116 高阳台 冯 煦
116 兰陵王·灞桥感柳 樊增祥
117 题辫卿散花仙子图二首（其一） 曹家达
117 北平感旧 王汝赓
118 高阳台·故宫观雪 梁启勋
119 春游曲 李叔同
119 曲玉管 陈匪石
120 摸鱼子·秦淮秋集，有歌旧作“折桂令”北词者，赋此寄慨 吴 梅
120 减字木兰花·过胥江有悼 吴 梅
120 西子妆·重过西湖 吴 梅
121 相思（其一） 郁曼陀
121 一·二八后函鄞江，速晓因回京 吴妍因
122 次韵和李根香春日偶成五首（其四） 吴妍因
122 高阳台 汪 东
123 鹧鸪天 汪 东
123 陌上花·携内子重游荷兰花田，叔谟士铭两夫妇偕去 金问泗

124 洞仙歌·赠内 姚鹓雏
124 陌上花开 徐志摩
126 鹊踏枝·和冯延巳 顾　随
127 浪淘沙 丰子恺
127 陌上花 张伯驹
128 病后看花 程坚甫
128 鹧鸪天·花朝后二日，碧珠、寄侬来访山楼 詹安泰
129 四月七日与荣显弟携儿女辈为亡妻及瑛妹扫墓二首（其二） 刘东父
129 陌上花·癸酉清明过钱王祠 龙榆生
130 多丽·咏落花 黄咏雩
130 血压三首（其二） 聂绀弩
131 鹊踏枝三首（其二） 卢　前
131 清明后一日傍晚白堤缓步，至放鹤亭小憩，归途得诗一首 洪传经
132 鹊踏枝（其二） 陈迩冬
132 重　来 程千帆
133 陌上花 吕小薇
134 此时无绝色十首（其二） 胡惠溥
134 零雨阴翳，慨然有感于桃花人面者，书示内子 胡惠溥
135 锦堂春慢 林士模
135 清平乐（其一） 饶宗颐
136 惠山看木樨（其二） 严古津
136 四十自讼八首（其五） 陈以鸿
136 齐天乐·人日前夕访杜甫草堂 刘永平

137 临江仙·陌上花残莺懒 刘永平
137 过高旺 俞 律
138 题画竹绝句 孙玄常
138 蝶恋花 陈永正
139 那朵陌上花 竺 泉

后 记

壹

宋代

陌上花三首并引

苏 轼[1]

游九仙山，闻里中儿歌《陌上花》，父老云："吴越王妃每岁春必归临安，王以书遗妃曰：'陌上花开，可缓缓归矣。'"吴人用其语为歌，含思宛转，听之凄然，而其词鄙野，为易之云。

其一

陌上花开蝴蝶飞，江山犹是昔人非。
遗民几度垂垂老，游女长歌缓缓归。

其二

陌上山花无数开，路人争看翠軿来。
若为留得堂堂去，且更从教缓缓回。

---

① 苏轼（1037—1101），字子瞻，一字和仲，自号东坡居士，眉山（今四川眉山）人。仁宗嘉祐二年（1057）进士。六年（1061），试制科，授签书凤翔府节度判官厅事。英宗治平二年（1065），除判登闻鼓院，寻试馆职，除直史馆。神宗熙宁二年（1069）除判官告院兼判尚书祠部，权开封府推官。四年（1071），通判杭州。历知密州、徐州。元丰二年（1079），移知湖州，乌台诗案狱起，贬黄州团练副使。四年（1081），移汝州团练副使。八年（1085）春，得请常州居住，十月知登州。寻诏除起居舍人。哲宗元祐元年（1086）迁中书舍人，改翰林学士。四年（1089），知杭州。六年（1091），除翰林学士承旨，寻知颍州。历知扬州、定州。绍圣元年（1094），贬惠州。四年（1097），再贬儋州。徽宗即位，赦还，提举玉局观。建中靖国元年（1101），卒于常州。孝宗时谥文忠。有《东坡集》四十卷、《后集》二十卷、《和陶诗》四卷等。《宋史》卷三三八有传。

其三

生前富贵草头露，身后风流陌上花。
已作迟迟君去鲁，犹教缓缓妾还家。

江神子

苏　轼

陈直方妾嵇，钱塘人也。求新词，为作此。钱塘人好唱《陌上花》缓缓曲，余尝作数绝以纪其事。

玉人家在凤凰山，水云间，掩门关。门外行人，立马看弓弯。
十里春风谁指似，斜日映，绣帘斑。

多情好事与君还，闵新鳏，拭余潸。明月空江，香雾著云鬟。
陌上花开春尽也，闻旧曲，破朱颜。

陌上花八首

晁补之[①]

其一

郊外金軿步帐随，道边游女看王妃。

① 晁补之（1053—1110），字无咎，号归来子，济州巨野（今山东巨野）人。神宗元丰二年（1079）进士，调澶州司户参军。召试学官，除北京国子监教授，迁太学正。哲宗元祐初，召试学士院，以秘阁校理通判扬州，迁知齐州。与黄庭坚等并称苏门四学士。绍圣元年（1094），坐党籍累贬监信州酒税。徽宗即位，召为著作佐郎，擢吏部郎中。出知河中府，徙湖州、密州。崇宁间党论复起，奉祠禄居家，葺归来园，慕晋陶潜为人。大观四年（1110）起知达州，改泗州，卒于任，年五十八。有《鸡肋集》七十卷。事见《柯山集拾遗》卷一二《晁无咎墓志铭》，《宋史》卷四四四有传。

内官走马传书报，陌上花开缓缓归。

其二

朝云暮雨山头宅，暖日晴风陌上花。
绛幕何妨行缓缓，送春归尽妾还家。

其三

娘子歌传乐府悲，当年陌上看芳菲。
曼声更缓何妨缓，莫似东风火急归。

其四

荆王梦罢已春归，陌上花随暮雨飞。
却唤江船人不识，杜秋红泪满罗衣。

其五

吴歌白纻怨芳菲，肠断怀王去不归。
陌上如今小花伴，山前山后白鹇飞。

其六

临安城郭半池台，曾是香尘扑面来。
不见当时翠辇女，今年陌上又花开。

其七

云母蛮笺作信来，佳人陌上看花回。
妾行不似东风急，为报花须缓缓开。

其八

陌上偷来为看花，饶声鹦鹉莫夭斜。

犊车缓缓随芳草，不去桃源阿母家。

满庭芳·忆钱唐

周邦彦[①]

山崦笼春，江城吹雨，暮天烟淡云昏。酒旗渔市，冷落杏花村。苏小当年秀骨，萦蔓草、空想罗裙。潮声起，高楼喷笛，五两了无闻。

凄凉，怀故国，朝钟暮鼓，十载红尘。似梦魂迢递，长到吴门。闻道花开陌上，歌旧曲、愁杀王孙。何时见、名娃唤酒，同倒瓮头春。

① 周邦彦（1056—1121），字美成，号清真居士，杭州钱塘（今浙江杭州）人。神宗元丰中，以献《汴都赋》，由太学生召为太学正。居五年不迁，益尽力于辞章。出为庐州教授、溧水县令。寻授国子监主簿。哲宗召对，除秘书省正字，历校书郎、知河中府。徽宗时，为秘书监、徽猷阁待制，提举大晟乐府。后知顺昌府，徙处州。精音律，能自度曲；尤工词，善创新调，格律谨严。有《片玉词》及文集。

题罗畴老家《明妃辞汉图》

王庭圭[①]

明妃辞汉出宫门，丰容靓饰朝至尊。
至尊左右皆动色，明妃欲语咽复吞。
三千蛾眉塞天阍，帝独不识王昭君。
顾影徘徊复良久，尚冀君王一回首。
当时自倚绝世姿，不将赂结毛延寿。
可怜朱网画香车，却来远嫁呼韩邪。
不如归州旧村女，三幅罗裙两髻丫。
陌上花开大堤暖，细雨春风归缓缓。
宁从禁籞落胡沙，长路漫漫碧云断。
忽看汉月照毡裘，泪湿弹丝锦臂鞲。
龙眠会作无声句，写得当时一段愁。

---

① 王庭圭（1080—1172，一作1079—1171），吉州安福（今江西安福）人，字民瞻，自号卢溪老人，两宋之交重要诗人。徽宗政和八年（1118）进士。为茶陵丞，有能政。高宗绍兴中，胡铨上疏乞斩秦桧等，谪新州，庭圭独以诗送行。绍兴十九年（1149），坐讪谤编管辰州。桧死，许自便。孝宗即位，除国子监主簿。乾道中除直敷文阁。博学兼通，工诗，尤精于《易》。有《卢溪集》《易解》《沧海遗珠》等。靖康之难后，其诗文中表现出对国家忧患和民生疾苦的极大关注，有强烈的爱国情感。

送周时用自别业还永嘉

朱　松[1]

陌上花残客未归，故乡自合去迟迟。

红香洲渚收归桨，却胜池塘草绿时。

小重山（其二）

曹　组[2]

陌上花繁莺乱啼。骅骝金络脑，锦障泥。寻芳行乐忆当时。联镳处，飞鞚绿杨堤。

春物又芳菲。情如风外柳，只依依。空怜佳景负归期。愁心切，惟有梦魂知。

① 朱松（1097—1143），字乔年，号韦斋，徽州婺源（今属江西）人。熹父。徽宗政和八年（1118）同上舍出身，授建州政和尉，调南剑州尤溪尉，监泉州石井镇。高宗绍兴四年（1134）除秘书省正字，累迁承议郎。十年（1140），因反对和议忤秦桧，出知饶州，未就，主管台州崇道观。十三年（1143）卒。有《韦斋集》十二卷，外集十卷，外集已佚。

② 曹组，生卒年不详，字元宠，阳翟（今河南禹州）人。徽宗宣和三年（1121）进士。始登第，郊礼进《祥光赋》，诏给事殿中，为睿思殿应制。登仕未久而卒。有《箕颍集》二十卷，已佚。

和杨子土牛之什

李　石[①]

陌上花开又一春，起来酒伴觅南邻。
烟霞笑我虽成疾，霜雪于君恐不仁。
柏叶殊思金马旧，柳枝偏向土牛新。
相忘已约形骸外，老守先能堕醉巾。

和江子玉（其二）

胡　宏[②]

白驹皎皎来空谷，希声绝世人难续。
异端蜂起乱群风，摆脱敝衣聊一沐。
悠然良夜得酣寝，觉来无欠亦无足。
不蹈红尘陌上花，自种青云陇头粟。
呜呼夫子大圣人，七日藜羹食无粥。
休争得失等鸡虫，克己乐善充身腹。
风云变化会有时，微吟袖手清溪曲。

① 李石（？—1181），字知几，号方舟子，资州（今四川资中）人。高宗绍兴二十一年（1151）进士。调成都户曹参军。召为太学录，迁太学博士。二十九年（1159），出为成都府学官。历通判彭州，知黎州、合州、眉州。孝宗淳熙二年（1175），为成都府路转运判官，寻罢。八年（1181）卒。有《方舟集》五十卷、后集二十卷。清四库馆臣据《永乐大典》辑为二十四卷，事见本集卷一〇《自叙》。

② 胡宏（1105—1161），字仁仲，学者称五峰先生，建宁崇安（今福建武夷山市）人，安国子。初入太学，师事杨时。以父荫补右承务郎。以秦桧专权不出，居衡山之下二十余年。高宗绍兴二十五年（1155）桧死被召，以疾不赴。三十一年（1161）卒，年五十七。著作由其子大时辑为《五峰集》五卷。《历代名儒传》卷五有传。

赋青田

姚述尧[①]

水绕山围景物赊，楼台相望酒旗斜。
暮云低锁门前柳，晓日轻笼陌上花。
簇簇鱼盐喧贾市，声声弦诵半儒家。
我来亦为邦人庆，写入新诗一笑夸。

归乡二首（其一）

姜特立[②]

忆昔东坡老，曾吟陌上花。
我今归故里，卉木正光华。

① 姚述尧，生卒年不详，字进道，钱塘（今浙江杭州）人。高宗绍兴二十四年（1154）进士。孝宗乾道四年（1168）知乐清县。乾道九年（1173），权发遣处州。淳熙九年（1182）于知鄂州任放罢。十五年（1188），起知信州，旋改主管亳州明道宫。

② 姜特立（1125—？），字邦杰，号南山老人，丽水人。以父绶靖康中殉难恩，补承信郎，累迁福建路兵马副都监。孝宗淳熙十一年（1184），献所为诗百篇，召试中书，时年六十。除阁门舍人，充太子宫左右春坊兼皇孙平阳王侍读。光宗即位，除知阁门事。绍熙二年（1191），以擅权并和右相留正不洽，夺职奉祠。未几，除浙东马步军都总管。宁宗庆元六年（1201），再奉祠，并赐节。八十岁时尚在世。姜特立以能诗称，与陆游、杨万里、范成大等多有唱和。有《梅山集》，已佚，传世有《梅山续稿》，系淳熙十一年后诗，亦有脱漏（《永乐大典》残本中引《梅山续稿》诗，有多首不见今本）。事见集中有关诗篇。

又次邦衡族侄长彦司户韵

周必大[①]

圣世恩荣盛孝章，北窗自欲傲羲皇。
通家喜燕鸡豚社，治郡愁亲雁鹜行。
陌上花开人斗草，瓮头酒熟客传觞。
及时行乐君休厌，召驿相将项背望。

长相思（其三）

石孝友[②]

蝶团飞。莺乱啼。陌上花开人未归。碧台歌舞稀。
月入扉。风满帷。坐到黄昏人静时。清愁君不知。

---

① 周必大（1126—1204），字子充，一字洪道，晚年自号平园老叟，原籍管城（今河南郑州）。绍兴二十一年（1151）进士，调徽州司户参军。二十七年（1157），举博学宏词科，差充建康府教授。三十年（1160），召为太学录，累迁编类圣政所详定官兼权中书舍人兼权给事中。乾道四年（1168），起知南剑州。六年（1170），除秘书少监兼直学士院。八年（1172），兼权中书舍人时以事奉祠。淳熙二年（1175），除敷文阁待制、侍讲，累迁吏部尚书兼翰林学士承旨。七年（1180），除参知政事。九年（1182），除知枢密院事。十六年（1189），由左丞相出判潭州。宁宗庆元元年（1195），以观文殿大学士、益国公致仕。未几，为韩侂胄指为伪学罪首。嘉泰四年（1204）卒，年七十九。开禧三年（1207），赐谥文忠。生平著书八十一种，有《平园集》二百卷。
② 石孝友，生卒年不详，字次仲，南昌（今属江西）人。孝宗乾道二年（1166）进士。有《金谷遗音》一卷，已佚。事见清道光《南昌县志》卷二二。

春日有感

王　炎[①]

拍岸晴波蘸柳丝，一双鸂鶒浴红衣。

可怜陌上花开尽，不见鱼轩缓缓归。

风入松

俞国宝[②]

一春长费买花钱。日日醉湖边。玉骢惯识西湖路，骄嘶过、沽酒楼前。红杏香中箫鼓，绿杨影里秋千。

暖风十里丽人天。花压鬓云偏。画船载取春归去，余情付、湖水湖烟。明日重扶残醉，来寻陌上花钿。[③]

① 王炎（1138—1218），字晦叔，号双溪，婺源（今属江西）人。孝宗乾道五年（1169）进士，调崇阳县主簿。历绍兴府户曹参军，知临湘县。应辟入张栻江陵帅幕。淳熙十年（1183），为潭州教授，迁通判临江军，并权知军。开禧三年（1207），起知湖州，任满后引年告退。嘉定十一年（1218）卒，年八十一。有《双溪文集》等。《双溪集》各本卷次不一，以《四库全书》据明万历王孟达刻二十七卷本除有少量讳改外，编次文字最为整饬。事见本集有关诗文，《新安文献志》卷六九有传。

② 俞国宝（约1195年前后在世），临川（今属江西）人，字不详，号醒庵。孝宗淳熙时太学生。尝书《风入松》词于西湖酒肆素屏上。高宗为太上皇，见到后注目称赏，即日命解褐入仕。著有《醒庵遗珠集》，已佚。

③ 周密《武林旧事》：淳熙间，德寿三殿游幸湖山。一日御舟经断桥旁，有小酒肆颇雅。舟中饰素屏书《风入松》一词于上，光尧驻目称赏久之，宣问："何人所作？"乃太学生俞国宝醉笔也。上笑曰："此词甚好，但末句'明日重携残酒'未免儒酸。"因为改定云"明日重扶残醉"，则迥不同矣，即日命解褐云。

还自益昌道得张仍修诗次韵

洪咨夔[①]

剑外风烟老鬓华，归心更切独孤遐。
明知东郭非吾土，苦认西楼是我家。
万古声名供敝帚，九州意气付浮查。
同来蓬沓於潜女，一笑长歌陌上花。

山行纪事

洪咨夔

扉开日华早，路转霜花鲜。游鸿得嘉客，健鹤随老仙。
舴艋野渡浅，略彴孤村连。纡余盘龙外，杳霭乌猿边。
麦畦破冻划，稻架烘晴悬。万鸦暗澒洞，只鹭明娅娟。
寺古缭虚嶂，房深贮澄涟。珍鳞紫金睟，秀石苍玉挛。
住僧自缚律，爱客能逃禅。老帖不容拓，枯琴尚堪弦。
出访文举碣，还息维摩毡。窗晖梅枝月，帐郁柏子烟。
吸清饱蝉腹，拥薄攒龟肩。忍寒如忍艾，望晓犹望年。
报明翠鲸壮，送暖红鳞妍。读易坐方稳，搜诗去俄翩。
行行晋县垒，历历吴墓田。森峭径绝壁，嵌空派危泉。

① 洪咨夔（1176—1236），字舜俞，号平斋，於潜（今属浙江杭州）人。宁宗嘉泰二年（1202）进士，授如皋簿。继中教官，调饶州教授。崔与之帅淮东，辟置幕府。后随崔至蜀，历通判成都府，知龙州。理宗朝，召为秘书郎，以言事忤史弥远，罢。弥远死，以礼部员外郎召，迁监察御史，殿中侍御史，给事中。官至刑部尚书，翰林学士、知制诰。端平三年（1236）卒，年六十一，谥文忠。有《平斋文集》三十二卷。《咸淳临安志》卷六七、《宋史》卷四〇六有传。

飞堕雪珂境，撼动冰轮天。憩寂小养隽，挟酣急凌巅。
阁摧失杰咏，岩在余奇镌。夕气生远屿，倦怀寄平川。
路旁柳如此，陌上花依然。数年束强项，一日舒联拳。
大千自鹏鹗，方寸皆鱼鸢。东风染芳碧，更着寻春鞭。

谨和老人春行

洪咨夔

抗疏明时效伏伽，一归七度试春纱。
柔风绿遍庭前草，细雨红催陌上花。
惠远买来犹浊酒，赵州吃去只粗茶。
回头恰恰莺啼处，黄四娘今尚有家。

又和宋侯三首（其二）

刘克庄①

铃斋教令得民和，月色今宵十倍多。
节物人家俱插柳，雾华田舍可鞭禾。

① 刘克庄（1187—？），莆田（今属福建）人。宁宗嘉定二年（1210）以荫补将仕郎，初仕靖安主簿、真州录事。后游幕于江浙闽广等地。十二年（1219）监南岳庙。十七年（1224）知建阳县。以咏《落梅》诗得祸，闲废十年。理宗端平元年（1234）为帅司参议官，二年（1235）除枢密院编修官，兼权侍右郎官，寻罢。淳祐六年（1246），以“文名久著，史学尤精”，赐同进士出身，除秘书少监，兼国史院编修官、实录院检讨官。七年（1247）出知漳州。八年（1248）迁福建提刑。景定三年（1262）权工部尚书、兼侍读，旋出知建宁府。五年（1264）因目疾以焕章阁学士致仕。度宗咸淳四年（1268）除龙图阁学士。五年（1269）卒，年八十三，谥文定。生前曾自编文集，林希逸作序，继有后、续、新三集。后由其季子山甫汇编为《大全集》二百卷。事见宋林希逸《后村先生刘公行状》、洪天锡《后村先生墓志铭》。

坐中客醉僛僛舞，陌上花开缓缓歌。
老子尚堪牵率在，夜归已有木鱼过。

初至建邺

释元肇[①]

六朝陈迹认应难，只有春风燕子还。
陌上花开又花落，看人来往是钟山。

陈山谒吴越五王分祠

刘　熺[②]

海村崇祖祀，吴越旧王家。
里老称遗泽，文孙避俗哗。
玉金荣带印，俎豆荐葵苴。
欲补迎春曲，须歌陌上花。

自注：为云庵先生授会稽丞不就，由台郡迁邑。

① 释元肇（1189—？）（生年据本集卷上《寄赵东阁》“与君生己酉”及卷下《丁巳生朝》“年六十九”推定），字圣徒（日刻本本集署名），号淮海，通州静海（今江苏南通）人，俗姓潘。年十九剃染受具。参浙翁于径山，命为掌记。出世通之光孝，历住吴城双塔，金陵清凉，天台万年，苏之万寿，永嘉江心，杭之净慈、灵隐等寺，圆寂于径山。有《淮海挐音》二卷。
② 刘熺，生卒年不详，号东墅（《彭姥诗搜》卷一），象山人。理宗嘉熙二年（1238）进士（《宝庆四明志》卷一〇）。今录诗二首。

陌 上

释行海[1]

别人杨柳别人花，自对春风感物华。
陌上最怜芳草色，王孙多是不还家。

伤春志感

何梦桂[2]

陌上花飞春又归，春归人老发垂垂。
离鸾一去无归路，岁岁花开上故枝。

① 释行海（1224—？）（生年据本集卷上《癸酉春侨居无为寺归云阁以十五游方今五十为题信笔十首》推算），号雪岑，剡（今浙江嵊州）人（见上书《归剡》）。早年出家，十五岁游方。度宗咸淳三年（1267）住嘉兴先福寺（见上书《丁卯秋八月奉檄住嘉兴先福寺》）。有诗三千余首，南宋理学家林希逸选取其中近体二百余首为《雪岑和尚续集》二卷。

② 何梦桂（1229—？），字严叟，少名应祈，字申甫，别号潜斋，严州淳安（今浙江淳安）人。度宗咸淳元年（1265）进士。授台州军事判官，改太学录，迁博士，通判吉州。召为太常博士，累迁大理寺卿，知时事不可为，引疾去。入元，累征不起。有《潜斋集》十一卷。事见本集附录《何先生家传》、明嘉靖《淳安县志》卷一一。

宋骑吹曲（其二）

谢 翱[①]

归朝曲第四

勾吴月令牵牛中，翟茀乘风来閟宫。
随王剑履朝上殿，黄门夜趣长春宴。
昭容引班入内朝，龙衮当中开雉扇。
宴罢朝辞生局促，诏赐离宫作汤沐。
先王烝尝泽有差，上恩许歌陌上花。

自注：妃以开宝九年三月随王入朝。

① 谢翱（1249—1295），字皋羽，自号晞发子，长溪（今福建霞浦）人，徙浦城（今属福建）。度宗咸淳间应进士举，不第。恭宗德祐二年（1276），文天祥开府延平，署咨事参军。文天祥兵败，避地浙东，往来于永嘉、括苍、鄞、越、婺、睦等地，与遗民故老方凤、吴思齐、邓牧等多有交游，名其会友之所曰汐社，义取“晚而有信”。元成宗元贞元年（1295）卒于杭州，年四十七。著有《晞发集》《天地间集》等。事见《晞发集》附录方凤《谢君皋羽行状》、吴谦《谢君皋羽圹志》，《宋季忠义录》卷一一有传。

雨饮无肴

董嗣杲[①]

昉见岁律更，不觉春醉厌。都来九十日，多被风雨占。
鸣鸠肯停唤，谁测阴晴验。欲问陌上花，花枝无绝艳。
东风吹柳烟，幂绿波潋滟。客子痴不归，挂壁羞琴剑。
独有游山盟，未能得断念。夜饮叹百拙，饤坐果肴欠。

葛岭贾似道园池

汤仲友[②]

檀板歌残陌上花，过墙荆棘刺檐牙。
指挥已失铁如意，赐予宁存玉辟邪。
败屋春归无主燕，废池雨产在官蛙。
木棉庵外尤愁绝，月黑夜深闻鬼车。

① 董嗣杲，生卒年不详，字明德，号静传，杭州人。理宗景定中榷茶九江富池。度宗咸淳末知武康县。宋亡，入山为道士，改名思学，字无益。著作除《西湖百咏》二卷外，均佚。清四库馆臣据《永乐大典》辑为《庐山集》五卷、《英溪集》一卷。事见《西湖百咏》自序及本集有关诗篇，《绝妙好词笺》卷六有传。
② 汤仲友，生卒年不详，号西楼，初名益，以字行，后更字端夫，一字损之（见《浩然斋雅谈》卷中），吴（今江苏苏州）人。学诗于周弼。有《北游诗集》，已佚。事见清同治《苏州府志》卷七八。

贰

金元

上皇书扇后

党怀英[1]

便面团圞字点鸦，天风吹堕委尘沙。
燕泥庭草争工拙，何似当年陌上花。

杨妃墓

赵秉文[2]

灼灼陌上花，青青路傍草。
人心任荣悴，过眼无丑好。
马嵬三尺坟，西出剑门道。
如何倾国颜，伤心不同老。

① 党怀英（1134—1211），字世杰，号竹溪，冯翊人（今陕西大荔）。官至翰林学士承旨。少与辛弃疾同师亳州刘瞻。能诗工书，修《辽史》。有《竹溪集》，词存五首。

② 赵秉文（1159—1232），字周臣，晚号闲闲老人，磁州滏阳（今属河北邯郸）人。金世宗大定二十五年（1185）进士。调安塞主簿。历平定州刺史，为政宽简。累拜礼部尚书。哀宗即位，改翰林学士，同修国史。工诗书画。历仕五朝，自奉如寒士。性好学，自幼至老，未尝一日废书。有《资暇录》《滏水集》等。

鹧鸪天·效东坡体

元好问①

煮酒青梅入坐新。姚家池馆宋家邻。楼中燕子能留客，陌上杨花也笑人。

梁苑月，洛阳尘。少年难得是闲身。殷勤昨夜三更雨，胜醉东城一日春。

寒　食

杨弘道②

去年寒食已无家，陌上风尘卷落花。
今岁清明还是客，城隅烟雨暗残葩。
年来年去催衰白，花落花开足叹嗟。
风雨闭门无所适，心田方寸乱如麻。

① 元好问（1190—1257），字裕之，号遗山，忻州秀容（今山西忻州）人，元德明子。七岁能诗。金宣宗兴定五年（1221）进士，历内乡令。官至行尚书省左司员外郎。金亡，不仕。以著作为己任，收集金朝君臣言论遗事，为元人修《金史》所取资。所辑《中州集》，录金二百四十九人诗词，各附小传以存史。为文备众体，诗尤奇崛，且以身处金元之际，特多兴亡之感，为一代宗匠。有《遗山集》。

② 杨弘道（1189—1271？），金元之际诗人。字叔能，号素庵。淄川（今属山东淄博）人。金末曾监麟游酒税，后转襄阳府学教谕。金亡入宋，宋理宗端平二年（1235），任唐州司户。不久，蒙古军攻下唐州，遂寓居济源及济南等地，俭素自守。自编《小亨集》成，元好问为之作序，盛赞其诗，引为同调，其时已年过六十。《元诗选》小传谓其“年八十余卒”。诗宗唐人，《四库全书总目》称“其所作五言古诗，得比兴之体，时时近汉魏遗音；律诗风格高华，亦颇有唐调，虽不及好问之雄浑苍坚，然就一时诗家而论，不可谓非北方之巨擘也”。其诗如《空村谣》，记蒙古军屠戮之惨，可补史料所不及。生平事迹见金元好问《遗山先生文集》卷三六《杨叔能〈小亨集〉引》、元魏初《青崖集》卷三《素庵先生事言补序》、清曾廉《元书》卷八九。

和李克约东皋杂兴四首（其四）

成廷珪[①]

李家园内好亭台，老去一春能几回。
街头酒贵我当买，陌上花开君不来。
长绳难系白日住，清镜莫掩朱颜催。
明朝有约速相就，慎勿打碎玻璃杯。

寄郭西野宪佥二首（其一）

程钜夫[②]

风净看花陌上尘，遥知露冕正行春。
麻姑定向方平语，三十年来第一人。

---

① 成廷珪，字原常，一字元章，又字礼执，元代芜城（今江苏扬州）人。好读书，工诗。奉母居市廛，植竹庭院间，题其燕息之所曰居竹轩。晚遭乱，避地吴中。卒年七十余。有《居竹轩集》。

② 程钜夫（1249—1318），名文海，避武宗讳，以字行，号雪楼，又号远斋，郢州京山（今湖北京山）人，先世迁建昌。宋末，随叔父建昌通判程飞卿降元，入为质子，授千户。元世祖赏其识见，使入翰林，累迁集贤直学士。至元十九年（1282），奏陈五事，又请兴建国学，搜访江南遗逸，参用南北之人。均被采纳。二十四年（1287），拜侍御史，行御史台事，求贤江南，荐赵孟頫等二十余人，皆得擢用。桑哥专政，钜夫上疏极谏，几遭杀害。大德间，历江南湖北道肃政廉访使。至大间，预修《成宗实录》，官至翰林学士承旨。历事四朝，为时名臣。文章议论为海内宗。卒谥文宪。有《雪楼集》。

前结交行

马　臻[1]

古交山上松，青青色不改。
纵有霜雪侵，节操固常在。
今交陌上花，容貌相矜夸。
一朝风雨至，飘泊随泥沙。
陈雷管鲍世不有，一贫一富难长久。
对面相看仰泰山，下视群峰皆培塿。
嗟来乎，嗟来乎，床头黄金不可无。
君看金尽失颜色，壮士灰心不丈夫。

鲁港行

何　中[2]

岷峨西来天堑长，大波如山险莫当。
黄芦未花秋黍熟，欲吊古昔愁苍茫。
十六年间老师相，格天勋业伊周上。
仪真使客且羁臣，襄阳将军尽降将。
西园价积郿坞金，伴食光禹趋雄禁。
法宫穆清坐高拱，赤舄雍容众口瘖。

① 马臻（1254—？），字志道，号虚中，浙江钱塘（今属浙江杭州）人。少慕陶弘景之为人，着道士服，隐居西湖之滨。工画花鸟山水。善诗，多豪逸俊迈之气。有《霞外诗集》。

② 何中（1265—1332），字太虚，一字养正，抚州乐安（今江西乐安）人。少颖拔，以古学自任，弘深该博。元文宗至顺间，应行省之请，讲授于龙兴路东湖、宗濂二书院。有《通鉴纲目测海》《通书问》《知非堂稿》。

葛岭祥烟笼甲第，吴娃理曲争新媚。
珊瑚枝边酒影春，水晶帘外花香醉。
主君千年万年计，甲光如水边风寒。
虚传奇士画三策，临危讳病医良难。
古来何限韩擒虎，天马如神解飞渡。
出师拜表真孔明，不计匆匆九节度。
半闲堂前杳归涂，阁中诸客今何如。
前时晋公魏公语，今日驩兜苗鲧书。
残月无情上阳晓，木绵破屋闽山道。
潮落潮生人不归，陌上花开几番好。

晋宁丁节妇歌

袁　桷[①]

明月何团团，不照孤飞鸾。
妾心无亏盈，留作白头看。
堂前青桐树，慈乌旋绕来无数。
朝引三两雏，返哺日落声呜呜。
谁人挟弹窥我乌，守树长泣眼为枯。
人生莫作陌上花，东风飘荡随泥沙。

① 袁桷（1266—1327），字伯长，号清容居士，庆元路鄞县（今属浙江宁波）人。元成宗大德初，荐授翰林国史院检阅官。进郊祀十议，礼官推其博，多采用之。升应奉翰林文字、同知制诰，兼国史院编修官。请购求辽、金、宋三史遗书。英宗至治元年（1321），官翰林侍讲学士。泰定帝泰定初辞归。桷在词林，朝廷制册、勋臣碑铭，多出其手。卒谥文清。著有《易说》《春秋说》《延祐四明志》《清容居士集》。

望夫之石何亭亭，不如长衫立素屏。
流梭夜织灯青荧，黄姑侧听中屏营，
天帝与植双桓楹。
木盘可钻河可塞，千年苦心谁复识。

偶　题

周　权[①]

东风吹绿遍天涯，陌上晴烟漾柳花。
鹤发老人茅店下，一樽相对话桑麻。

和刘实翁

刘　诜[②]

出门握手振尘裾，妙语犹能破叹吁。

① 周权，字衡之，号此山，浙江松阳人。平生着意于诗，被目为“磊落湖海之士”（袁桷语）。早年不得志，延祐六年（1319）携诗稿北游京师，袁桷十分赏识，曾向朝廷举荐充任馆职，未获批准。回到江南，更专心词章。故宋遗民舒岳祥，当代名流赵孟𫖯、谢端、揭傒斯、欧阳玄、陈旅，都很推许他的诗才，揭傒斯为他的居室此山堂题诗云“君家括苍下，自爱括苍山”，“高风已莫攀”。赵孟𫖯应他之请，为书“此山”二字。有《此山集》十卷（别本四卷）。《元诗选·初集》选入周权诗一百零四首。周权一生未仕，其诗主要表现个人生活感受，视野较窄，应酬之作也较平庸。欧阳玄评周权诗：“无险劲之词，而有深长之味；无轻靡之习，而有舂容之风。”（《此山集》序）实际有一定保留。顾嗣立则认为“衡之句法，实多可观”。生平事迹见《元诗选·初集》小传、《元诗纪事》卷一二。

② 刘诜（1268—1350），字桂翁，号桂隐，吉安庐陵（今江西吉安）人。性颖悟，幼失怙。年十二，能文章。成年后以师道自居，教学有法，四方求文者日至于门。卒私谥文敏。有《桂隐集》。

陌上晴花吹婀娜，墙东风管度喁于。
百年有酒春如许，一笑无渠我亦孤。
山郭青青何处尽，种松未可待全芜。

拖　车

王　祯[①]

早同农具破烟来，暮带樵薪载月回。
不比看花南陌上，雕轮绣毂殷春雷。

春　雨

杨　载[②]

蒙蒙春雨暗重城，莽若山林云气生。
驾过东朝沾羽盖，仗移前殿湿霓旌。

① 王祯（1271—1368），字伯善，东平（今属山东）人。

② 杨载（1271—1323），字仲弘，元代诗人。祖籍浦城（今属福建），后迁居杭州。与虞集、范梈、揭傒斯齐名，被称为元诗四大家。少孤，博览群书，为文跌宕可观。40岁尚未出仕，由贾国英举荐于朝，以布衣召为翰林国史院编修官，与修元武宗实录。延祐初，元仁宗以科目取士，杨载应举，登进士第，授承务郎、浮梁州同知，迁儒林郎、宁国路总管府推官，未到任而卒。杨载由于受到赵孟頫推重，才知名于京师。他的文章以气韵为主，自成一家之言。其诗一洗宋代的风习，他曾对学诗者说："诗当取材于汉、魏，而音节则以唐为宗。"（《元史》本传）当时论诗法诸家，首推杨载。有《杨仲弘诗集》八卷。《四库全书总目》评其诗："清思不及范梈，秀韵不及揭傒斯，权奇飞动尤不及虞集。而四家并称，终无怍色。"《元诗选》初集选入杨载诗182首，辑为《仲弘集》。《全金元词》收入杨载词1首。

苍松密掩岩头鹤，翠柳深藏谷口莺。
明日不愁花烂熳，新晴陌上有人行。

题　画

虞　集[①]

缉熙殿里御屏风，零落谁收百岁中。
锦树总含春雨露，画桥犹是旧青红。
花开陌上怀归燕，潮落江头送去鸿。
何似绿波生太液，绛桃风急彩船东。

题蔡端明苏东坡墨迹后四首（其一）

虞　集

只今谁是钱塘守，颇解湖中宿画船。
晓起斗茶龙井上，花开陌上载婵娟。

① 虞集（1272—1348），字伯生，号道园，临川崇仁（今属江西）人。先世为蜀人。宋亡，父汲侨居崇仁。少受家学，读诸经，通其大义。尝从吴澄游。元成宗大德初，以荐授大都路儒学教授，历国子助教、博士。仁宗时，迁集贤修撰，议学校事，主张学官当用经明行修成德之士，不可猥以资格用人。除翰林待制。文宗即位，累除奎章阁侍书学士，领修《经世大典》。帝崩，以目疾，又为权贵所忌，谢病归。卒谥文靖。集弘才博识，工诗文，有《道园学古录》《道园遗稿》。

【双调】蟾宫曲·西湖寻春

徐再思[①]

清明春色三分：湖上行舟，陌上行人。一片花阴，两行柳影，十里莎茵。不要多肴排一品，休嫌少酒止三巡。处处开樽，步步寻春。花下归来，带月敲门。

二月十七日寒食同胡子仁出城至广教寺登怀李阙

吴师道[②]

寒食逢休沐，幽寻喜不违。
山中怀李去，陌上踏花归。
淡况随流水，余情付落晖。
他年记良会，回首重依依。

① 徐再思（约 1280—1330），字德可，号甜斋，浙江嘉兴人，元代著名散曲作家。曾任嘉兴路吏。因喜食甘饴，故号甜斋，今存所作散曲小令 100 余首。作品与当时自号酸斋的贯云石齐名，称为“酸甜乐府”。

② 吴师道（1283—1344），字正传，婺州兰溪人，工词章。元英宗至治元年（1321）进士，授高邮县丞，调宁国路录事，迁池州建德县尹，皆有惠政。召为国子助教，寻升博士。其教一本朱熹之旨，而遵许衡之成法。以礼部郎中致仕。有《吴礼部诗话》《敬乡录》《吴正传文集》等。

浮云道院诗二十二首（其十四）

刘　鹗[①]

象箸与玉杯，其流至亡国。
箪瓢陋巷间，千载有遗德。
采采陌上花，岂无好颜色？
终然易零落，岁晚愧松柏。

濯濯江汉女

周霆震[②]

濯濯江汉女，幽贞出良家。
十年守空帏，夫婿天之涯。
良夜秉明烛，悉心务丝麻。
忆昨秋风起，河洛昏尘沙。
伤彼朱丝弦，逸响趋淫哇。

① 刘鹗（1290—1364），字楚奇，吉安永丰（今属江西）人。元仁宗皇庆间荐授扬州学录，历翰林修撰，擢江州总管，升广东副使，拜江西参政，后为江西红巾军所破，被执死。为文风骨高秀，学者称浮云先生。有《惟实集》。

② 周霆震（1292—1379），字亨远，因先世居石门田西，自号石田子初，吉安安福（今属江西）人。曾两次应进士考，不第，遂杜门授徒，专意古文辞。晚年遇元末战乱，避乱奔走。明太祖洪武十二年（1379）卒，年八十八。门人私谥为清节先生。霆震论诗反对靡丽，排斥晚唐。五言古宗汉、魏。因目睹元代之盛，又见其亡，故诗多乱离之音。诗中还表达其效忠元王朝的心情，对为元王朝死节之人多有歌颂，如《古金城谣》《李浔阳死节歌》《普颜副使政绩歌》等，都写得感慨激昂。其集中也有写得蕴藉的小诗，如《篱间小花》《雨中》等，著有《石初集》。

朝为御沟柳，暮作陌上花。
世态固应尔，委置勿复嗟。
所悲在新春，雨露凝朝华。
感此深闭门，渊冰虑弥加。
藏玉万仞冈，守护盘龙蛇。
投珠千顷波，光焰惊鱼虾。
夫婿会有期，岂问岁月赊。
寸心如皦日，终始宜无瑕。

送哈必齐文苑佥宪浙西

宋　褧[①]

五云仙佩厌朝鸡，抖擞春衣著绣衣。
陌上好花晴冪䍥，津头行客路逶迤。
杨梅佐酒火实粲，鲈鱼作脍银丝肥。
共道莫教辜负口，不知冰檗可充饥。

① 宋褧（1294—1346），字显夫，大都（今北京）人。元泰定帝泰定元年（1323）进士，除秘书监校书郎。顺帝至元初，历监察御史，遇事敢言。累拜翰林待制，迁国子司业，与修宋、辽、金三史，以翰林直学士兼经筵讲官卒，谥文清。有《燕石集》。

和杨侍郎辇下书事韵

汪泽民[1]

曾看长安陌上花，万方人物仰皇家。
龙门变化风雷夕，凤阙瞻依日月华。
晓色宫槐连御柳，春声叠鼓带凝笳。
闻君高咏燕山雪，三复新章绚彩霞。

江南春

倪　瓒[2]

汀洲夜雨生芦笋，日出曈昽帘幕静。
惊禽蹴破杏花烟，陌上东风吹鬓影。
远江摇曙剑光冷，辘轳水咽青苔井。
落红飞燕触衣巾，沉香火微萦绿尘。

① 汪泽民，生卒年不详，字叔志，号堪老真逸，宁国宣城人。元仁宗延祐五年（1318）进士。授岳州路同知，历南安、信州、平江三路总管府推官，治狱明敏。调兖州知州，除国子司业，与修辽、金、宋三史，书成，迁集贤直学士，寻以礼部尚书致仕。与张师愚合编有《宛陵群英集》，卒谥文节。

② 倪瓒（1301—1374），字元镇，号云林居士，又有荆蛮民、幻霞子、曲全叟、朱阳馆主等号，元、明间常州无锡人。博学，好古。家雄于财，四方名士日至其门，居有清閟阁，藏书数千卷，古鼎法书、名琴奇画陈列左右，幽迥绝尘。元顺帝至正初，忽散家财给亲故，未几兵兴，富家悉被祸，而瓒扁舟箬笠，往来太湖及松江三泖间。不受张士诚征召，逃渔舟以免。入明，黄冠野服，混迹编氓。工诗画，画山水意境幽深，以萧疏见长。与黄公望、王蒙、吴镇为元季四家，有《清閟阁集》。

送杨知府之夔州

释大圭[1]

使君清白旧传家，夔府之官不惮赊。
蛇势中流开八阵，猿声午夜落三巴。
苍童不治庭前草，紫马时看陌上花。
恋阙丹心知更切，定依南斗望京华。

江南曲

徐廷玉[2]

江南女儿好梳洗，新妆照见秋江水。
风裾浪袂木兰舟，争采芙蓉绿霞里。
东船两两青黛蛾，西船两两蓝鞫靴。
含情不唱采莲曲，齐唱吴王陌上花。
船头日落红生雾，相唤相呼出江去。
惊起鸳鸯不见人，波上风来闻细语。

---

① 释大圭（1304—1362），字恒白，号梦观道人，俗姓廖，元代释子、诗人，晋江（今属福建）人。从妙恩学佛理。博览群书，经史百家无所不读，曾说：“不读东鲁论，不知西来意。”元顺帝至正年间居泉州紫云寺。他的文章简洁古雅，但拘于佛理。他的诗颇受时人推重，《四库全书总目》评为“石湖、剑南之余风，犹存于方外”，“气骨磊落，无元代纤秾之习，亦无宋末江湖蔬笋之气”。著有《梦观集》二十四卷，清乾隆时修《四库全书》仅余诗五卷。《元诗选》二集选入大圭诗 30 首。据《元诗选》小传，大圭还作有《紫云开士传》，今未见。

② 徐廷玉，元代诗人。《江南曲》一诗选自明人宋绪的《元诗体要》。

陌上花

释　英①

江南三月芳菲菲，杂花生树莺乱飞。
美人一去几斜晖，城郭空在人民非。
山河满目草离离，留得歌声落翠微，
犹自叮咛缓缓归。

和陶彦承清明微雨

华幼武②

风花烟草蔼春晖，陌上游人缓缓归。
独有高堂老莱子，低垂帘幕舞斑衣。

夜饮送友人

沈梦麟③

陌上飞花吹鬓茎，老来聊学少年行。

① 释英，生卒年不详，字实存，钱塘（今属浙江杭州）人。唐代诗人厉玄之后，素有诗名。历走闽、海、江、淮、燕、汴。一日登径山，闻钟声，有省，遂弃官为浮屠，结茅天目山中。数年，遍参诸方有道尊宿，皆印可之，故其诗有超然出世间趣。别号“白云”，即以名其诗集。牟巘翁、赵松雪、胡长孺、林石田、赵春洲辈皆为之序。

② 华幼武（1307—1375），字彦清，号栖碧，元、明间无锡人，以诗名于吴中。元末隐居不仕，有《黄杨集》。

③ 沈梦麟（1307—1399），字原昭，元、明间浙江归安（今属浙江湖州）人。博通群经，于《易》尤有心得。元顺帝至元间，以明经领乡荐。至正间，由婺源州学正迁武康知县。以疾辞，隐居花溪。益肆力于诗文。入明，以贤良征，不仕。太祖聘为京闱考官，校文闽浙。年九十三卒。有《花溪集》。

三槐有客来吾道，千里论交不世情。
柳拂花溪朝系缆，莺啼韦曲夜飞觥。
相亲未久还相别，日落前溪送橹声。

松竹卷子

邵亨贞[1]

华顶苍寒松五粒，渭川风度竹千竿。
长安陌上看花客，不信山中有岁寒。

送汪用衡北上

王　冕[2]

去年送客西湖路，芳草落花春已暮。
今年送客浦阳江，六月秋风吹柳树。
年年送客为赋诗，赋诗每以功名期。

① 邵亨贞（1309—1401），字复孺，号清溪，又号贞溪，松江华亭（今属上海）人，身处元、明易代之际，卒年九十三。工篆隶书，善诗文词曲。有《野处集》《蚁术诗选》《蚁术词选》。

② 王冕（1310—1359），字元章，号煮石山农，又号梅花屋主，浙江诸暨人。本农家子，七八岁时为人牧牛，窃入书塾听诸生读书，听毕辄默记。安阳韩性闻而录为弟子。性卒，门人事冕为师。长七尺余，仪观甚伟，通《春秋》诸传。一试进士举，不第，即焚所为文，读古兵法，狂放不羁。至大都，泰不花荐以馆职，不肯就。工于画梅，以胭脂作没骨体。达官贵人争来求画。以题诗讥刺，官府欲捕，携妻子隐于九里山，结茅庐三间，自题为“梅花屋”。朱元璋取婺州，物色得冕，置幕府，授咨议参军。旋卒。有《竹斋诗集》。

玉堂金马等闲去，朱衣紫绶笑取之。
归来高卧良自鄙，此语云云成戏耳。
相如不是轻薄儿，马周终非穷途士。
古人穷达各有守，今人枵然何所有？
百宝妆腰逞豪俊，千金买马夸疾走。
春风笑看陌上花，夜月醉眠蛾眉家。
平生事业止于此，旁人为尔何咨嗟？
汪君汪君拔其萃，读书论道真我辈。
江山万里在胸中，洗却人间约绮态。
此行必夺锦袍归，腕头更佩金累累。
若问今朝作诗者，竹冠草衣盘礴裸，
商歌饭牛松下坐。

陌上花

胡天游[1]

陌上花，开满陌，金屋美人归未得。
流苏绣帐掩香尘，目断君王片云隔。
九重宴罢移宫烛，歌管声残更漏促。
自临宝榻拂鸾笺，细字斜行写心曲。
陌上花，开满枝，掌中美人知不知。

① 胡天游（约1317—1367），名乘龙，以字行，号松竹主人，又号傲轩，元岳州平江（今属湖南）人。有俊才，七岁能诗。遭元季乱，隐居不仕，有《傲轩吟稿》。

翠眉蝉鬓今何似，趁取花时缓缓归。
书中未尽叮咛意，更遣青鸾口传语。
陌上花，年年好。掌中人，年年老。
春光烂漫不归来，转眼残红满芳草。
一封书，千万嘱。油壁车，黄金犊。
花边待，花底宿。缓缓归，莫愆期。

竹枝歌六首寄胡安定（其六）

吕　诚[①]

青草湖头春日晖，苎萝山上白云飞。
行人莫听鹧鸪怨，陌上花开缓缓归。

嫠妇词

马玉麟[②]

玉绳低垂明月落，砧杵秋声满城廓。
夫君战死阊门西，妾有征衣寄谁着。
邻家灯火缝秋衣，辛苦准备征人归。

---

① 吕诚，字敬夫，后更名肃，元代江苏昆山人。工诗词。名士咸与之交。家有园林，尝蓄一鹤，复有鹤自来为伍，因筑来鹤亭。邑令聘为训导，不起。有《来鹤亭诗》。

② 马玉麟（1321—1367），字国瑞，号东皋道人，江苏海陵（今江苏泰州）人，至正间为长洲尹，历官江浙行省参政。

妾身憔悴妾心苦，含情忍见孤鸿飞。
孤鸿哀哀妾欲死，妾死何人奉甘旨。
阿翁九十阿姑病，夫也还知妾如此。
妾心不似杨柳花，陌上因风又吹起。

城南游次韵张光弼

马玉麟

城南游，东风浩浩吹兰舟。
落花风送满湖水，花气欲上衣裾浮。
船头山色翠可拾，船尾双双来白鸥。
妾家只在湖西住，记得摇船送郎去。
十年不寄一封书，怨杀青年如水度。
天涯芳草年年绿，双眼遥遥隔尘雾。
重忆深闺初长成，十五新妆嫁都护。
春风又开陌上花，都护如今在何处？
离情还托琴上弦，圆缺相看月中兔。
繁华易歇人易老，羞向花前叹衰暮。
邻家有女鬓丝黑，嫁得新郎得郎力。
绿窗沉沉朝画眉，欢洽相逢人莫测。
看花无语泪复倾，妾心自是冰檗清。
城南回首秋霜冷，依旧捣衣双杵鸣。

对牡丹有所赠

张　宪[①]

尘满尧夫小步车，东风几度负韶华。
蜀人自适琴中调，吴女徒歌陌上花。
半裹牛酥和梦寄，一腔羯鼓共谁挝。
金刀剪断双头锦，罗帽檐娇压欲斜。

次林叔大都事韵四首（其二）

张　昱[②]

何处银鞍白鼻騧，忘将锦瑟数年华。
渡头水急怜桃叶，陌上春狂信柳花。

① 张宪，生卒年不详，字思廉，号玉笥生，浙江山阴（今浙江绍兴）人。少负才气，薄游四方，不置产业。张士诚据吴中，辟为枢密院都事，张士诚被朱元璋攻破，张宪变姓名，寓居杭州僧寺而终。他曾从杨维桢学作诗，被认为是杨维桢学生中的佼佼者，朱彝尊在《静志居诗话》中甚至认为："铁崖诸弟子，才锋犀利，莫过张思廉。读其长歌，波澜横溢，弟子不必不如师也。"所著有《玉笥集》十卷，今有传本。《元诗选》初集选入张宪诗 144 首。

② 张昱，生卒年不详，字光弼，号一笑居士，江西庐陵（今江西吉安）人，活动于元末明初。早年师事虞集，得其诗法。元至正年间，江浙行省左丞杨完者以他参谋军府事，迁左右司员外郎，行枢密院判官。杨完者死，张昱弃官而去。张士诚占据苏州，以礼请他出山，他坚辞不就，借题蕉叶以明志。与周伯温、杨维桢交游密切。张士诚败亡，明太祖朱元璋召他到京师，见他老态龙钟，说："可闲矣！"厚赐遣还。他便以"可闲老人"为号。归老于西湖山水间，卒年 83 岁。著有《张光弼诗集》二卷（别本作七卷），又题为《可闲老人集》（《四库全书》）或《庐陵集》（《元诗选》）。《元诗选》初集选入他的诗 195 首。诗风苍莽雄肆，有沉郁悲凉之概，所作在杭州文士当中传诵一时。

那得芳心对鹦鹉，泣将残泪付琵琶。

一身已自成惆怅，况是平阳十万家。

水仙子

佚　名

烟笼寒水月笼沙，江上行人陌上花。兰舟夜泊青山下，秋深也不到家，对青灯一曲琵琶。我这里弹初罢，他那里作念煞。知他是甚日还家？

叁

明代

杨贞妇王氏诗

贝　琼[1]

石上有琅玕，孤生何猗猗。
婉彼深闺秀，笑语闲且仪。
荣华谅未晚，芳洁当自持。
玉镜一朝委，相求岂无媒。
冰泮时当归，遥峰翠新拂。
行行别父母，遂居君子室。
君子官已崇，新欢鼓琴瑟。
如何事前驱，中道永相失。
东家有宋玉，西家有王昌。
皆知慕明艳，讵忍隳大纲。
露多焉能污，江永不可方。
贞心耀白日，峻节厉秋霜。
泣泪欲成河，捐躯遂如墓。
宁同陌上花，誓比山头树。
织绮献秋功，条桑事春务。
向非厄强暴，岂知金石固。

① 贝琼（1314—1378），字廷琚，一名阙，字廷臣，元末明初浙江崇德（今浙江桐乡）人。元末领乡荐，年已四十八。战乱隐居，张士诚屡辟不就。洪武初聘修《元史》，洪武六年（1373）除国子助教，与张美和、聂铉并称“成均三助”。九年（1376）改官中都国子监，教勋臣子弟。十一年（1378）致仕。有《清江文集》。

薄命叹

黎　贞[1]

妾比陌上花，狂风吹落天之涯。
花开犹得一时好，妾颜空逐青春老。
妾比江上流，望东去去不回头。
水流犹得归大海，妾身已逐风尘改。
忆昔红颜当太平，儿家正住洛阳城。
花街柳陌炫晴日，鸣鸠语燕调春声。
薄缘枉嫁游侠婿，好向公门事权势。
风波堆里寄浮生，欢乐几何忧患继。
一朝飘泊如转蓬，洞房衾冷鸳帷空。
江山万里限南北，音书隔绝悬西东。
客处虽然多寂寞，比翼齐飞可同乐。
草衣木食贫亦甘，何事青春遽零落。
自怜尘世多苦辛，百年恩爱属何人。
茕茕形影自相吊，举目四顾谁为亲。
夜长人静衾如铁，此意默默那堪说。
寒灯挑尽未成眠，感慨几回声断绝。
翻思蔡琰能属文，却肯将身堕虏尘。

① 黎贞，生卒年不详，字彦晦，号陶陶生，晚号秫坡，学者称为秫坡先生。新会（今属广东）人。元末从孙蕡学。为人坦荡不羁，以诗酒自放。洪武初，署本县训导。坐事戍辽东。时孙蕡亦戍辽东，坐蓝玉党被杀，为殓葬之。历十八年，放还。卒年五十九。其诗以七古、七绝见长，代表作品有《沙门渡海吟》《冬至咏雪》《听莺曲》《澄溪清隐图》《宿定公港》等。著有《古今一览》《家礼举要》，其诗文收入《秫坡先生集》。李承箕、黄佐为之作传。《明史》卷二八五有传，附于孙蕡传后。

贱妾誓能持大节，肯随花柳逐时新。
自欲孤飞托鸿雁，谁料佳期等虚幻。
璧月将圆云复遮，瑶琴未举弦先断。
西风吹冷巫山秋，阳台云雨空悠悠。
旧爱新怜一场梦，莺花从此倦追求。
薄命叹，妾今见人徒汗颜。
古往今来每如此，始信人生行路难。

戏简强彦栗

袁　华[①]

钱唐湖边春日晖，邓家蛮娘金缕衣。
向人凝笑语娇涩，陌上花歌缓缓归。
伯劳东飞燕西去，恼公无限相思意。
有约荷花庄上来，紫鸾笙里留春住。

次韵顾仲瑛书杜氏便面（其二）

袁　华

细雨微风透碧纱，酒痕横面上朝霞。
君行不唱阳关曲，听取尊前陌上花。

---

① 袁华，字子英，明苏州府昆山人。工诗，长于乐府。洪武初为苏州府学训导。有《可传集》《耕学斋诗集》。

表忠观

沈　廉[1]

当年五季同烟灭，俎豆天存一世家。
但使东南归保障，不求图谶敌中华。
雄风尚想潮头弩，轶事犹传陌上花。
西子湖边漫凭吊，断碑风雨老龙蛇。

故山春日七首（其七）

杨　基[2]

陌上谁寻雨后花，山中人摘雨前茶。
阴阴树木青青草，可是王家与谢家。

① 沈廉，生卒年不详，字士廉，钱塘（今属浙江杭州）县学生，生平不详，散曲作家。治毛诗，工选诗，能小楷书。善画梅花，名重当时。洪武中，拜监察御史，为事戍守辽阳。永乐中，徙金陵，为人所累而死。见《录鬼簿续编》。

② 杨基（1326—1378 后），字孟载，号眉庵。原籍四川嘉州（今四川乐山），其祖官吴中，因而定居。少聪颖，九岁能背诵六经。善诗文，兼工书画。元末隐吴之赤山，张士诚辟为丞相府记室，未几即辞去。入明，被迁往临濠，又徙河南。洪武二年（1369）放归。旋被起用，官至山西按察使。被诬夺官，罚服苦役，卒于役所。与高启、张羽、徐贲称“吴中四杰”。有《眉庵集》。

寒食自遣

胡　奎[①]

寒食尊中酒，清明陌上花。
莫教愁送老，须仗醉为家。

爱竹轩为陈维寅赋

高　启[②]

匡山老客何清真，自绕园屋栽苍筠。
年来无肉虽苦瘦，家有万玉谁言贫。
一竿护惜不忍剪，何以持钓横江鳞。
僮来扫叶自可喜，客至踏笋长遭嗔。
鞫鞠啼罢结远梦，碧云忽堕湘南春。
凉阴翛翛润琴砚，落翠冉冉沾衣巾。
诗成时向节下写，醉墨点破烟痕新。

---

① 胡奎（1335—1409），字虚白，一字应文，号斗南老人，浙江海宁人。元末尝游贡师泰之门。入明以儒学征，官宁王府教授。在南昌随宁王生活七年，以年老返回家乡，卒于海宁。诗多乐府古题，仍是元末杨维桢一派遗风。朱彝尊《静志居诗话》评其诗云："其诗功力既深，格调不免太熟，诵之若古人集中所已有者。"著有《斗南老人集》。生平事迹见《斗南老人集》前朱权序、清朱彝尊《静志居诗话》卷五。

② 高启（1336—1374），字季迪，号槎轩，明苏州府长洲人。张士诚据吴时，隐居吴淞江青丘，自号青丘子。博览群书，工诗，尤精于史，与杨基、张羽、徐贲并称吴中四杰。其诗之才力声调，过三人远甚，为元明间一大家。又与王行等号"北郭十友"。洪武初，以荐参修《元史》，授翰林院国史编修官，并受命教授诸王。后擢户部右侍郎，自陈年少不敢当重任，辞归故里。时苏州知府魏观在张士诚宫址改修府治，获罪被诛。启曾为之作《上梁文》，有"龙蟠虎踞"四字，被疑为歌颂张士诚，连坐腰斩。有《高太史大全集》《凫藻集》等。

风来清啸与相答，若听金奏怡我神。
知无颜色媚儿女，自古相爱唯幽人。
洛阳陌上花易过，歌钟竞赏劳车轮。
何如此君最耐久，岁晚结托同情亲。
乱声朝送帘外雨，疏影夜拂窗前尘。
我尝种此欲免俗，即今伐尽唯荆榛。
故园咫尺未能去，移家幸得为子邻。
往来倘许如二仲，敲门借看毋嫌频。

陌上花

唐文凤[①]

陌上花开春日迟，临安女儿缓缓归。
花开容易辞故枝，缓归只恐恩爱违。
人生几何成老丑，劝君且尽一杯酒。
愿君善保千金寿，夹马祥光荡牛斗，
满目江山复何有。

① 唐文凤（约1341—约1432），字子仪，号梦鹤，安徽歙县人。与祖唐元、父唐桂芳俱有文名。永乐中荐授兴国知县，改任赵王府纪善。一生著述较多，在乡校所作成《朝阳类稿》，在兴国任上所作成《政余类稿》《章贡文稿》，在赵王府所作成《进忠类稿》，在洛阳所作成《洛阳文稿》，归田后所作成《老学文稿》。以上诸集均未见传本，今存《梧冈集》。生平事迹见《唐氏三先生集》所附志传。

题湖山佳趣卷

王汝玉[①]

我生夙抱烟霞癖，半世林泉寄踪迹。
五湖春水洞庭山，沙鸟野猿俱旧识。
菲才叨禄在京华，频看长安陌上花。
翻忆湖山昔游处，不知明月落谁家。
美人家在东吴住，占得湖山无限趣。
采樵常倚桂枝岩，放棹时过荻花溆。
我有茅堂与秋田，归期未卜是何年。
玉堂一枕春风梦，飞绕山光水影边。

① 王汝玉（1349—1415），原名璲，或作燧，字汝玉，以字行，号青城山人。明苏州府长洲人。颖敏强记，元末从杨维桢学。元至正二十五年（1365）举于乡。明永乐初由应天训导擢翰林五经博士，预修《永乐大典》。应制著《神龟赋》为第一，解缙次之。以修《礼书》紊制度当戍边，为太子宥之，进左赞善。坐解缙累，瘐死狱中。洪熙时追谥文靖。朱彝尊《静志居诗话》称“其诗不费冥索，斤斤唐人之调”，诗名颇著。曾被视为永乐时诗人之首。著有《青城山人集》。生平事迹见《明史》卷一五二、《国朝献征录》卷一九。

春晴纵步

胡　俨[1]

策杖随春风，萋萋芳草绿。陌上花正开，田中雨新足。
彩鸠呼其妇，乌犍舐孤犊。双雉何翩翩，翻飞起林麓。
紫燕寻旧巢，仓庚出幽谷。柔桑叶始抽，蚕种犹未浴。
野人自耦耕，稚子相戏逐。忽逢一老翁，招邀过茅屋。
指顾儿与孙，床头酒初熟。瓢分腊酝清，不用葛巾漉。
一杯复一杯，觌缕说乡俗。礼义日衰谢，诗书少人读。
田园苟岁时，人情多反复。天道亦好还，此俗终当复。
老翁何时见，庶几豁双目。临别重丁宁，莫向他人续。

① 胡俨（1361—1443），字若思，号颐庵，江西南昌人。少嗜学，于天文、地理、律历、医卜无不究览。洪武中，以举人授华亭教谕。建文元年（1399）荐授桐城知县。永乐初，授翰林检讨，与解缙等俱直文渊阁。永乐二年（1404）拜国子监祭酒，永乐十九年（1421）改北京国子监祭酒。仁宗时致仕。宣宗即位，召为礼部侍郎，辞归。家居二十余年而卒。为馆阁宿儒，朝廷纂修典籍，如重修《明太祖实录》，修《永乐大典》，皆充总裁官。文章气格苍老，为明初一家，其诗近于宋江西派，词旨高迈，寄托深远，不同于三杨为代表的台阁体。著有《颐庵集》。生平事迹见《明史》卷一四七、《国朝献征录》卷一二。

短歌行

黄　淮[①]

男儿堕地人总喜，弄之以璋射弧矢。
功名富贵须及时，谁肯龌龊陷泥滓。
争知造物有常理，得失荣枯互终始。
光阴百岁如转丸，纷纷扰扰徒为尔。
岂不见陌上花，随风飘泊浑尘沙。
又不见涧底松，霜枝雪干排晴空。
不如探囊且买尊中绿，它日招取巫咸为君卜。

别杨之宜

胡　广[②]

灯前把酒共清叹，一醒明朝别更难。
司马文章君已就，董狐事业我空叹。
日明彩服天边去，春满花枝陌上看。
回首佳期应不忘，梧桐秋影点阑干。

① 黄淮（1367—1449），字宗豫，别号介庵，浙江永嘉（今浙江温州）人。洪武进士，授中书舍人。成祖即位，与解缙等入阁，预机密重务。成祖北巡，留京辅太子监国。因太子遣使迎驾迟，系诏狱十年。仁宗即位，获释，再入阁，历通政使、户部尚书兼武英殿大学士，加官至少保。宣德二年（1427）以疾致仕。著有《省愆集》《归田稿》等。

② 胡广（1370—1418），字光大，号文庵。江西吉水人。明代儒学家。建文二年（1400）进士第一，授翰林修纂，赐名靖。成祖即位，广迎降，复名广。永乐时迁文渊阁大学士、兼左春坊大学士。奉谕主持参修《周易大全》（二十四卷）、《书传大全》（十卷）、《诗经大全》（二十卷）、《礼记大全》（三十卷）、《春秋大全》（七十卷）、《四书大全》（三十六卷），合称《五经四书性理大全》。其深受成祖信任，两次从成祖北征，时召帐殿与语。以文墨论议备顾问，制文册典多出其手。卒谥文穆。有《胡文穆集》。

乘化室为晏佥事彦文赋

李时勉[①]

蛰虫坯户隙，寒雀入海底。丹砂炼无方，安得长不死。
荼蘼陌上花，飘忽随流水。浮云知所归，飞蓬逐风起。
吾生亦何为，乘化如脱屣。愧彼孟尝君，空悲灌门子。

春蚕词

朱妙端[②]

桃花落尽日初长，陌上雨晴桑叶黄。
拜罢三姑祭蚕室，渐笼温火暖蚕房。

生　日

吴　宽[③]

人皆遇除夕，我复临生朝。
举头望七十，前去三载遥。

① 李时勉（1374—1450），名懋，以字行，江西安福人，明代文学家。永乐二年（1404）进士，进文渊阁，授刑部主事，参与修《太祖实录》，改翰林侍读。成祖时，被谗下狱。获释后，杨荣荐其复职。洪熙元年（1425），上疏言事，触怒仁宗，下狱险死。宣德、正统间修《成祖实录》《宣宗实录》，掌院事兼经筵官。为人刚鲠，慨然以天下为己任。待人平易通达，不露圭角，多蔼然仁义之言，其直节重望深得士人敬佩。为文典雅，气度雍容，有台阁之风。著有《古廉集》。

② 朱妙端（1432—1506），字静庵。幼聪颖，博极群书。有《静庵集》十卷。

③ 吴宽（1435—1504），字原博，号匏庵。南直隶长洲县（今江苏苏州）人。少时遍读《左传》《史记》《汉书》及唐宋大家之文。成化八年（1472）状元，孝宗、武宗两代帝师，弘治年间官至礼部尚书。著有《匏庵集》。

信哉百年内，行步为下桥。
早衰视茫茫，面发且萧萧。
安能如松柏，岁寒还后凋。
衰颓固老态，加以病相挠。
但胜陌上花，易逐风沙飘。
所愧职业旷，难免素餐嘲。
清秩徒兼授，黄金自横腰。
盘南开别业，旧约负渔樵。
更念丘垄隔，悲怆尤无聊。
孤灯对卧榻，转展至中宵。

送王生还乡二绝（其一）

刘大夏①

万里驰驱入帝关，公家事了便言还。
长安陌上花如锦，争似莱衣五色斑。

---

① 刘大夏（1436—1516），字时雍，号东山居士，明湖广华容（今属湖南）人。天顺进士。成化时任兵部郎中，匿永乐安南战役旧牍，阻汪直欲取老挝之谋。弘治六年（1493）以右副都御史治黄河，浚故道、筑长堤，水患得以减轻。移疾归，筑草堂东山下，读书其中，时称东山先生。弘治十五年（1502）进兵部尚书。忠恳诚笃。正德元年（1506）乞休归。刘瑾擅权，复坐以事，戍肃州。后赦归。瑾诛，复职，不久致仕。卒谥忠宣。著作有《东山诗集》《宣召录》《刘忠宣公集》等。

瓜州遇同年鲍栗之通判二绝（其一）

程敏政[1]

满路人称鲍叔贤，一尊相见暮江边。
长安陌上看花处，回首春风十四年。

送岳时雍上舍归河间

程敏政

与君倾盖会京华，两见春风陌上花。
折简故人聊隔巷，攻书儿子亦通家。
忽传行李腾归骑，满罄离觞泛落霞。
云路功名消息近，重来双佩看趋衙。

四月八日陪王世赏编修郊行限韵

马中锡[2]

捻断吟髭已数茎，高才摩诘句先成。

① 程敏政（1445—1499），字克勤，明徽州府休宁人。成化二年（1466）进士。授编修，历左谕德，以学问该博著称。弘治中，官至礼部右侍郎兼侍读学士。见唐寅乡试卷，激赏之。成化十二年（1476），主持会试，以试题外泄，被劾为通关节于唐寅等，下狱。寻勒致仕卒。有《新安文献志》《明文衡》《篁墩集》。

② 马中锡（1446—1512），明河间故城（今属河北）人，字天禄，号东田。成化进士。历官刑科给事中、大理寺右少卿等。弘治时以右副都御史巡抚宣府。武宗即位，起抚辽东。正德初忤刘瑾下狱。正德六年（1511）任右都御史，提督军务，奉命参与镇压刘六刘七起义。后因主抚遭劾，入狱死。著有《中山狼传》。

遍题兰若凌晨往，闻说瞿昙此日生。
陌上风花常扑面，眼前山水足怡情。
绝胜严武西川道，小队行春列骑兵。

【南仙吕】醉罗歌·怨别

陈　铎[①]

无形无影书难寄，不活不死病难医。暮雨梨花近寒食，问陌上人归未？黛眉羞画，也只为谁？罗裙宽掩，也只为谁？莺花笑杀人憔悴。莺啼罢，花又飞，安排肠断送春归。

邯郸行

石　宝[②]

邯郸女儿未二十，堂下理筝堂上食。
梅魂清澈藕丝柔，舞罢花枝困无力。

---

① 陈铎（约1454—1507），字大声，号秋碧，又号座隐先生、七一居士，江苏淮安邳州人，徙居江宁。明正德间世袭济州卫指挥使。以词曲擅名。居第之南，有秋碧轩、七一居，文人墨客，过从谈宴，诗酒风流。散曲被之丝竹，审宫节羽，不差毫末，人推之为曲坛祭酒。论者以为其词兼姜夔之敷腴、周邦彦之沉着、李清照之绵丽，为明词之上驷。亦擅画工诗，顾为词曲之名所掩。有《雪香亭稿》，散曲集《秋碧乐府》《梨云寄傲》《滑稽余韵》，杂剧《花月妓双偷纳锦郎》等。词集名《草堂余意》。

② 石宝，生卒年不详，字邦彦，号熊峰，明真定府藁城人。成化二十三年（1487）与兄石玠同举进士。与修《大明会典》。累擢为礼部尚书兼学士掌詹事府事。授检讨。嘉靖三年（1524）以吏部尚书兼文渊阁大学士，直内阁。守己鲠狷，持论坚确，进退凛然。辞归时，襆被一车而已，都人叹其廉洁。所作诗淹雅清峭，讽谕婉约，有词人之风。有《熊峰集》《恒阳集》。

罗帷绣幕春复春，可怜白璧滞风尘。
陌上几逢朱履客，花前谁是锦袍人？
百年命分多不偶，不独西池蒲与柳。
李广不侯冯衍贫，文姬流落明妃朽。
伤心万事难具论，积恨烟绵春草痕。

送苏指挥解职还江南

石　宝

投簪意思定何如，不为羹莼与脍鱼。
多惧有人传剑术，太平无日用兵书。
山中石避将军矢，陌上花迎处士车。
犹恐未全消矍铄，猎原回首更踌躇。

陌上花叹

石　宝

陌上花，何离离，秋风吹汝汝不知。
汝有丹葩及紫萼，恨汝不值琼瑶池。
朝朝行人暮游子，泣露酣霞何日止。
花枝渐减秋月寒，独抱余芳道旁死。
不如二月杨柳绵，犹自飘飏帝城里。

送致政蒋用璋知县还吴

朱诚泳[①]

长安陌上花正飞，苏台游客初辞归。
一年南北慕丰采，相见那忍仍相违。
关陕适逢天久旱，山川草木无精辉。
灞陵行馆尽萧索，满道流移恒苦饥。
秦人半死委沟壑，肝脑涂地豺狼肥。
送君此日空惆怅，离筵把酒风吹衣。
嗟君夙昔多抱负，眼见颠连忍含哺。
济时长策满胸中，袖手胡为乎中路。
江南景物吴门偏，风月常随诗酒船。
纶巾野服任萧散，飘飘俨若瀛洲仙。
忆君年少曾登第，百里花封民感惠。
官轻便觉折腰难，墨绶铜章遽捐弃。
流光庆泽钟贤郎，广寒丹桂飘天香。
十载灯窗富文学，飞黄指日当腾骧。
愿言行义以达道，登庸慎莫仍韬光。

① 朱诚泳（1458—1498），号宾竹道人，朱元璋子秦王朱樉玄孙。弘治元年（1488）以镇安王袭封为秦王。谥曰简。为人恭谨，尝铭冠服以自警。建正学书院，又另建小学，以教军校子弟。其诗风骨刻削，往往有晚唐格意，与其时馆阁诸子之作有别。著有《宾竹小鸣稿》。生平事迹见《明史》卷一一六、《国朝献征录》卷一。

浣溪沙

顾　清[①]

庚午二月廿二日书感。时水后疫疠盛行，守臣美迁去，部使者方加税，督责甚严。

陌上风花半欲飞。楼头更著管弦催。伤心自起探斜晖。
燕子作双翻水去，蜂儿成阵采香归。园林谁为管芳菲。

落花图咏五首（其四）

唐　寅[②]

溪水东流日转西，杏花零落草萋迷。
山翁既醒已然醉，野鸟如歌复似啼。
六代寝陵埋国媛，五陵车马斗家姬。
邻东谢却看花伴，陌上无心手共携。

① 顾清（1460—1528），字士廉，号东江，明松江府华亭人。弘治六年（1493）进士。授编修，进侍读。平生以名节自励。正德初刘瑾擅权，同邑张文冕附之为显宦，清即绝不与通。瑾衔之，出顾清为南京兵部员外郎。瑾诛，累迁礼部右侍郎。前后请立太子、罢巡幸，疏凡十数上。嘉靖初以礼部尚书致仕，卒谥文僖。工书，笔致清劲。有《松江府志》《傍秋亭杂记》《东江家藏集》等。生平事迹见《明史》卷一八四、《国朝献征录》卷三六。

② 唐寅（1470—1523），字伯虎，一字子畏，号六如居士、桃花庵主等，明苏州府吴县人。从周臣学画。弘治十一年（1498），举人第一。会试时，牵涉科场舞弊案，下诏狱，谪为吏，耻不就。游名山大川，以卖画为生。山水、人物、花鸟，无所不精。宁王朱宸濠厚礼聘之，寅察其有异志，佯狂而归。筑室桃花坞，与客日游宴其中。与沈周、文徵明、仇英合称明四家。诗文亦工。有《画谱》《六如居士集》。

自　笑

唐　寅

兀兀腾腾自笑痴，科名如鬓发如丝。
百年障眼书千卷，四海资身笔一枝。
陌上花开寻归迹，被中酒醒炼新词。
谁知意思悠长处，欲老光阴未老时。

落花四首（其四）

朱　浙[①]

白石苔生紫锦鳞，繁英碎点绣文茵。
攀翻曾被君王宠，摧落均沾天地仁。
明月关河千里共，春山风雨一番新。
长安陌上花如绮，多少人间自得人。

咏志二十首（其十三）

黄　佐[②]

荧荧陌上花，蒙蒙丘中麻。

① 朱浙（1486—1552），字必东，号损岩，福建莆田人。嘉靖二年（1523）进士，授御史。嘉靖帝亟欲尊生母，而群臣必欲帝母昭圣皇太后，浙亦上疏力争。帝怒，立捕至内廷，除名为民。有《天马山房遗稿》。

② 黄佐（1490—1566），字才伯，学者称泰泉先生。广东香山（今广东中山）人。正德中乡试第一，明世宗嗣立始成进士，选庶吉士。嘉靖初授编修。出为江西佥事，旋改督广西学校，母病辞归。后起掌南京翰林院，又任少詹事。卒谥文裕。其学以程朱为宗，平生撰述达二百六十余卷。著有《泰泉集》《泰泉乡礼》《乐典》等。生平事迹见《明史》卷二八七、《明儒学案》卷五一。

累累王侯冢，望望令人嗟。
六龙运元化，千古成尘沙。
吾闻浮丘公，驾鸿凌紫霞。
呼吸日月景，求用思无邪。
贵富岂必终，不见青陵瓜。

缓缓归三首

邵经济[①]

临安里谣也，钱武肃王作此曲以贻后宫。兹为锦山游，效此体以自况云。

其一

陌上寻花霜叶飞，女郎作伴拾寒晖。
秋花不比春花脆，正好题诗缓缓归。

其二

陌上寒花野菊香，折来斜插鬓头黄。
刘郎此去归来缓，惹得野蜂到处忙。

其三

春去犹探陌上花，千红万紫亦堪夸。
笑携红紫沾云湿，缓缓归来月正华。

① 邵经济，字仲才，号玉泉，浙江杭州府仁和县人。嘉靖五年（1526）丙戌科进士，曾任成都府知府等职务，嘉靖九年（1530）任工部都水司主事，负责清江船厂的管理工作，著有《济漕志补略》。

春　柳

谢　榛[①]

黄鹂时复唤春游，陌上杨花漫不休。
几向离筵摇落日，莫教长笛动清秋。
轻烟直接都门外，细雨低临灞水头。
漫系王孙金络马，萋萋绿草有人愁。

送朱建阳

唐顺之[②]

故人三十北上书，行到蓟门曾弃繻。
故人今去蓟门道，双绶垂腰一何好。
道旁桃李烂春晴，可怜仙令看花行。
殷勤斗酒与君别，落花片片如飞雪。
昨岁春花满蓟门，垂杨陌上始逢君。
偶然倾盖输情素，交欢每会披云雾。

---

① 谢榛（1495—1575），字茂秦，自号四溟山人，又号脱屣山人，明山东临清人。一目失明。刻意为歌诗，有声于时。嘉靖间至京师，与李攀龙、王世贞等结诗社，榛以布衣为之长，称五子。旋以论文与攀龙交恶，遂削其名于七子、五子之列。而秦晋诸王争延致之，河南北皆称谢先生，有《四溟集》。

② 唐顺之（1507—1560），字应德，一字义修，称荆川先生，明常州府武进人。嘉靖八年（1529）会试第一。曾协助总督胡宗宪讨倭寇，谓御敌上策，当截之海外，纵使登陆，则内地受祸。曾亲率舟师，邀敌于长江口之崇明。三沙告急，督卢镗、刘显赴援，亲跃马布阵，持刀直前。以功升右佥都御史、凤阳巡抚。学问广博，通晓天文、数学、兵法、乐律等，兼擅武艺，提倡唐宋散文，与王慎中、茅坤、归有光等被称为“唐宋派”。有《荆川先生文集》。

春来春去能几时，聚散匆匆各自知。
把袂追攀情未已，为问闽中几千里。
武夷之山天下奇，翠壁丹崖共蔽亏。
可但王乔多道气，应传潘岳有新诗。

拟青青河畔草

王立道[①]

夭夭陌上花，纷纷桃与李。
迢迢绮楼端，楚楚倡家子。
翩翩翠袖垂，盈盈歌皓齿。
新人良足娱，故欢弃如屣。
凉风惊素秋，芳华难久恃。

行路难拟

亢思谦[②]

君不见云间月，既望还复缺。
君不见陌上花，秋落春华茁。

① 王立道（1510—1547），字懋中，号尧衢。江苏无锡人。嘉靖十四年（1535）进士，选庶吉士，授翰林编修。卒年仅三十八岁。其诗格虽微见婉弱，而冲容澹宕，不为奇险之语，风格近于刘长卿、钱起；其文则纵横自喜，颇受北宋“三苏”影响。著有《具茨集》。生平事迹见《国朝献征录》卷二一。

② 亢思谦（1515—1580），字子益，号水阳，山西临汾人，嘉靖丁未（1547）进士，改庶吉士授编修，出为陕西按察使，历山东右布政使，四川左布政使，有《慎修堂集》。

盈虚消息自相循，竞巧何如甘抱拙。
我爱渊明志不回，偃仰茅檐衣百结。
晨夕惟求共素心，百世清风仰高洁。
行路难，行路难，万径千蹊纷覆辙。
坎止流行信所遭，对酒当歌且欢悦。

奉命至西山坟园

黎民表[①]

宿草经春长，新阡近郭多。
彩销团扇粉，香尽舞衣罗。
陌上花如绮，云间月似蛾。
繁华今不见，遗恨雍门歌。

送吴明卿再谪睢阳司理（其二）

黎民表

济中还复枉帆过，急景停觞奈尔何。
陌上春花逢李白，故人西指蓟门多。

① 黎民表（1515—1581），字惟敬，号瑶石山人，广东从化人。黎贯子。黄佐弟子。以诗名，与王道行、石星、朱多煃、赵用贤称“续五子”。亦工书画。嘉靖举人。选入内阁，为制敕房中书舍人，出为南京兵部车驾员外郎。万历中，官至河南布政司参议。有《瑶石山人稿》《养生杂录》《谕后语录》。

临安怀古

田艺蘅[①]

衣锦山头结彩霞，荆吴勾越尽王家。
只今惟有双蝴蝶，犹绕临安陌上花。

长相思 · 闲情

王世贞[②]

东陌头。西陌头。陌上香尘粘碧油。见花花自羞。
南高峰，北高峰。两处峰高愁杀侬。行云无定踪。

二月三十日清明又唐初晦节

王世贞

二月已破三月新，清明节晦来争春。
阶前蓂荚落不惜，陌上桃花娇自亲。

---

① 田艺蘅（1524—？），字子艺，田汝成子，浙江钱塘（今属浙江杭州）人。以贡生为徽州训导，罢归。作诗有才调，博学能文。为人高旷磊落，性放旷不羁，好酒任侠，善为南曲小令。至老愈豪放，斗酒百篇，人疑为谪仙。有《大明同文集》《留青日札》《煮泉小品》《老子指玄》及《田子艺集》。

② 王世贞（1526—1590），苏州府太仓人，字元美，自号凤洲，又号弇州山人。嘉靖二十六年（1547）进士，官刑部主事。杨继盛因弹劾严嵩而下狱，世贞时进汤药，又代其妻草疏。杨死，复棺殓之。严嵩大恨。会鞑靼军入塞，嵩诿过于世贞父蓟辽总督王忬，下狱。世贞与弟王世懋伏嵩门乞贷，忬卒论死，兄弟号泣持丧归。隆庆初讼父冤，复父官。后累官刑部尚书，移疾归。好为古诗文，始与李攀龙主文盟，主张文不读西汉以后作，诗不读中唐人集，以复古号召一世。攀龙死，独主文坛二十年。于是天下咸望走其门，操文章之柄，所作亦不尽膺古，而有近似元稹、白居易之作。有《弇山堂别集》《嘉靖以来首辅传》《觚不觚录》《弇州山人四部稿》等。

分无久住世间客，何用悲他泉下人。
纸钱拭罢枯泪眼，长有残酒呼西邻。

《青衫记》（选段）

顾大典[①]

【尾声】[生]既如此，天色将晚。我唤了白璧，竟自出门去了。你两个自进去罢。[贴小旦]相公，途路间关，请自保重。

陌上春风怅别离，洛阳花事正芳菲。
明朝匹马东风里，正是深闺肠断时。

乌衣巷

屠　隆[②]

朱门大第属飞霞，巷口今经第几家。
陵墓坛前生野蔓，秦淮浪里涨寒沙。

---

① 顾大典（1540—1596），字道行，号衡寓，苏州府吴江人。隆庆二年（1568）进士，授会稽教谕，迁处州推官。后以副使提学福建。力拒请托，为忌者所中，谪知禹州，自免归。家有谐赏园、清音阁，亭池佳胜。工书画，晓音律，好为传奇。诗宗唐人，书法清真，画山水秀色可餐，堪入逸品。有《清音阁集》《海岱吟》《闽游草》《园居稿》《青衫记传奇》等。

② 屠隆（1542—1605），字纬真，一字长卿，号赤水、鸿苞居士，浙江鄞县（今属浙江宁波）人。少时才思敏捷，落笔数千言立就。万历五年（1577）进士。除颍上知县，调青浦县。在任时游九峰、三泖而不废吏事。后迁礼部主事。被劾罢归，纵情诗酒，卖文为生。著作有传奇《彩毫记》《昙花记》《修文记》，另有《义士传》《冥寥子》《由拳集》《白榆集》等。

当时去矣梁间燕，春日来衔陌上花。
一自骎骎龙骑北，六宫高树暮栖鸦。

送章行父之景州

胡应麟[1]

五载玄亭忆问奇，秋风晨起出关时。
天涯客况谁青眼，海岱人伦见白眉。
一水移舟燕月堕，千峰摇笔岱云驰。
铜驼陌上花如锦，大有山公醉接䍦。

署中闻莺

陈懿典[2]

远却尘氛玉署清，风柔谷暖报流莺。
听来一似箫韶奏，忆去方知物候更。
陌上柳稍迁弱羽，春光花事逐新声。
诗肠鼓吹真堪听，斗酒双柑兴自生。

① 胡应麟（1551—1602），字元瑞，号少室山人，更号石羊生，金华兰溪人。万历间举人，久不第。筑室山中，购书四万余卷，记诵淹博，多所撰著。曾携诗谒王世贞，为世贞激赏。有《少室山房类稿》《少室山房笔丛》《诗薮》。

② 陈懿典（1554—1638），字孟常，浙江秀水（今浙江嘉兴）人。万历二十年（1592）进士。官至中允，乞假归。崇祯初起为少詹事，不赴。有《读左漫笔》《读史漫笔》。

落花四首（其二）

邓原岳[①]

飞花历乱满晴空，陌上溪边处处同。
寂寞正当三月雨，漂零无奈五更风。
疏林烟暝销残翠，小院苔深衬落红。
百啭莺声今渐老，不堪愁绝画楼东。

陌上花三首

陈邦瞻[②]

吴越王妃，每岁春必归临安，王以书遗妃曰："陌上花开，可缓缓归矣。"吴人用其语为歌。东坡守杭时，为作诗三首，和如其数。

其一

面面湖山锦绣围，君王去后自芳菲。
香车宝马应无数，日莫时歌缓缓归。

① 邓原岳（1555—1604），字汝高，福建闽县人，万历二十年（1592）进士，官至湖广按察副使。诗学郑善夫，后一意摹唐，著有《西楼全集》十八卷，生平事迹见明叶向高《苍霞续草》卷一〇所作墓志铭、《明史》卷二八六。

② 陈邦瞻（1557—1628），高安（今属江西）人，字德远。万历进士。授南京大理评事，擢南京吏部侍郎，出为浙江参政。进福建按察使，迁右布政使。改补河南，分理彰德诸府，开水田千顷，建滏阳书院，集诸生讲习，后改左布政使。迁兵部右侍郎，总督两广军务兼巡抚广东，平定田州土酋岑茂仁之乱。天启初，进兵部左侍郎，兼户、工二部侍郎，专理军需。好学敦风节，服官三十年，吏议不及。卒于官。曾取冯琦《宋史纪事本末》和沈越《事纪》未竟稿，于万历三十二年（1604）著成《宋史纪事本末》。又著有《元史纪事本末》《莲花山房集》等。

其二

玉帛如云车马催，朝天门外重徘徊。
东京已作匆匆去，南陌犹歌缓缓来。

其三

蜀魄声中日欲斜，春光缓缓向谁家。
青楼犹唱前朝曲，紫陌长飞旧苑花。

【南吕】太师引·郊行见丽人

高　濂[①]

花飞陌上春将尽，妒东风、残香逐尘。溪山下、水流花恨，林皋外、雨卸春魂。

美人瞥见情难忍，禁不住眉勾目引，分明是巫山彩云。向人间出落，卖弄精神。

浣溪沙·题情

高　濂

陌上花开不忍看，厌厌尽日倚雕阑。不禁憔悴怯春衫。
有梦不愁天近远，多情空害病疑难。一春双泪为谁含。

① 高濂，生卒年不详，字深甫，号瑞南，浙江钱塘（今属浙江杭州）人，明代戏曲作家，所著《遵生八笺》成书于万历十九年（1591），对养生保健等方法，收辑甚备，另有《雅尚斋诗》。

谷雨喜晴

顾天埈[①]

久阴忽开霁，况复是良晨。
野老论农务，游人弄晚春。
水蛙吟又定，梁燕旧生新。
陌上群芳尽，杨花满地茵。

送外弟秦木成应省试

公浮来[②]

陌上疏槐花正繁，君随黄鹄竞离翻。
到来秋水湖头泄，正是春蚕笔底喧。
连璧久应渐叔宝，双星都不愧阳元。
也知得意年方少，能向山中忆小言。

---

① 顾天埈（1562—？），字升伯，号开雍，又号湛庵，南直隶昆山县人，探花。状元顾鼎臣族孙。万历七年（1579）己卯科应天乡试第三十一名举人。万历二十年（1592）登壬辰科一甲第三名进士，授翰林院编修，充正史纂修官，二十五年（1597）正月教习内书堂，八月与史继偕等纂修六曹章奏。二十八年（1600）七月管理文官诰敕，又与右庶子杨道宾主考顺天府乡试，升修撰。二十九年（1601）十一月出使朝鲜，参与安抚朝鲜内战，升侍讲。三十年（1602）三月升右中允、兼翰林院编修。三十三年（1605）十二月升至右谕德。三十四年（1606）十二月改左春坊左谕德。因参与党争，三十七年（1609）二月与李腾芳一起拜疏出京，被降三级为行人司司正，遂辞官归乡。

② 公浮来（1569—1619），字敬与，号浮来，又名公鼒，明朝后期山左诗坛的主盟人物。万历丁酉年（1597）举人，任中书舍人，迁工部主事，提督浙杭关务。

为王将军索赠所知王生（其二）

刘世教[①]

六桥春色柳丝催，陌上花开映绿苔。
小出车边争掷果，一时惊道璧人来。

与孙白谷言别

贡修龄[②]

君不见陈留阮嗣宗，言惟玄远哭途穷，
时时青眼向山公。
君不见襄阳孟浩然，不才主弃空受怜，
故人期会终不前。
世间名利淡如水，我辈交情亦复此。
从来聚散似阴晴，茂悦一堂差足喜。
八年相识两年酣，六逸行行渐减三。
春风陌上花千树，粪墙香幕各毵毵。
未曾言别先愁别，鱼书总寄犹凄绝。
遥望清凉一片□，那如对面肝肠热。
蛟龙夜泣狐狸吼，料理无宜及为走。
他年猿鹤肯相抛，还向紫髯觅勾漏。

① 刘世教，生卒年不详，字少彝，海盐人，万历庚子举人，选闽清令，卒于官，为诗秀美，有《研宝斋集》。

② 贡修龄（1574—1641），字国祺，号二山，初名万程。南直隶常州府江阴人，贡安甫四世孙。万历三十二年（1604）举人，万历四十七年（1619）进士。四十八年（1620）任浙江东阳县知县，擢刑部主事，出为浙江参议，督漕运。官至江西参政。著有《匡山》《斗酒堂》等集。

西 郊

祝 祺[1]

欲向岩栖觅草堂，城西陌上菜花黄。
阴云带雨归林暗，山鸟呼人渡水忙。
相国旧坊余断石，田家新燕怨空梁。
踏青漫说香车少，戎马江南春恨长。

仲春日繁台饯别秦右史致政还天台八首（其七）

朱朝瞌[2]

故人无计挽征骖，驿路萧条思不堪。
数卷图书辞邺下，一帆风雨挂江南。
别时陌上花初发，到日庭前燕正喃。
辟径灌园为日课，清歌一曲酒微酣。

【双调】沉醉东风

沈自征[3]

不争他初相见谦恭谨洽，假温存满面风华。但说道学生有一言，求字儿未出声，吓得他遍体上寒毛乍，行路难，更

① 祝祺，生卒年不详，字汝渊，号梦窗，浙江海宁人，有《履坦幽怀集》。
② 朱朝瞌，生卒年不详，朱橚十七世孙。万历三十二年（1604）始袭封。著有《好我编》二卷、《青藜斋集》（又名《三友堂集》）三卷、《节宣辑》四卷。
③ 沈自征（1591—1661），字君庸，苏州府吴江人。工乐府，有杂剧《鞭歌妓》。

难如八滩三峡。正是：饱谙世事慵开眼，会尽人情只点头。看人情似垄外秋云陌上花，一纳地装聋做哑。

南国篇

黎遂球 ①

南国有艳女，十五居红楼。
楼上凤凰鸣，楼下鸳鸯游。
杨柳覆朱阑，芙蕖环绿沟。
镜月晓云宕，玉面翠蛾浮。
粉汗微风气，衣袂层香留。
雀钗腻易斜，钏臂滑且柔。
新妆宛自矜，摇佩临芳洲。
山色映遥黛，艳影涵清流。
陌上听吴歌，花间答齐讴。
楚腰约舞带，郑曲弹箜篌。
相逢遂罢作，妖冶忽如羞。
含情一为奏，新声谅难酬。
婉转吐朱唇，光彩回鲜眸。
牵云排乌翼，渡水惊鱼钩。

① 黎遂球（1602—1646），明末清初广东番禺人，字美周，号迦陵。天启举人。明亡，捐家资抗清。顺治二年（1645）任隆武朝兵部职方主事，募两广水师北上。次年，战死于赣州。善绘山水林石，工诗文，因赋《黄牡丹词》，被复社友人称为“黄牡丹状元”。著有《迦陵集》《莲须阁集》《周易爻物当名》等。

骏马不肯行，蚕丝绝其抽。
历乱飞蝴蝶，参差鸣雎鸠。
光荣谢舜华，衣裳说蜉蝣。
玄鸟西复东，雄雉旋且雊。
为此红楼女，纷纷如有求。
此女不留盼，见者终难休。
借问夫婿谁，何以副绸缪。

陌上花

程于古[①]

春草浓时软护车，吴姬归处昔年华。
兴亡几度临安水，千古犹传陌上花。

① 程于古，生卒年不详，字范卿，号谷帘，秀水（今浙江嘉兴）人，明末以贡为沔阳知州，有《谷帘集》。诗思峭刻，是欲效孟东野而去其诉穷叹屈者也。

肆

清代

陌上花乐府三首

钱谦益[①]

东坡记吴越王妃事也。临安道中感而和之，和其词而反其意，以有寄焉。

其一

陌上花开正掩扉，茸城草绿雉媒肥。
狂夫不合堂堂去，小妇翻歌缓缓归。

其二

陌上花开燕子飞，柳条初扑曲尘衣。
请看石镜明明在，忍撇妆台缓缓归。

其三

陌上花开音信稀，暗将红泪裹春衣。
花开容易纷纷落，春暖休教缓缓归。

① 钱谦益（1582—1664），字受之，号尚湖，又号牧斋，晚号蒙叟、东涧遗老，明末清初江南常熟人。明万历三十八年（1610）进士。历编修、詹事，崇祯初为礼部侍郎，因事罢归。以文学冠东南，为东林巨子。娶名妓柳如是，筑绛云楼，藏书极富。南明弘光帝时，起为礼部尚书。清兵渡江，出城迎降。顺治三年（1646），授礼部侍郎，任职五月而归。后两次以大案牵连入狱，均得幸免。七年（1650），绛云楼毁于火，藏书悉成灰烬，晚境颇颓唐。诗文极有造诣，入清后所作多抑塞愤张之语。有《初学集》《有学集》《国初群雄事略》，又编《列朝诗集》。

题唐在湘湖海楼

黄宗羲[①]

湖海兼收此一家，元龙百尺卧豪华。
砚磨苏小坟边雨，帘卷林逋陌上花。
海阔天空无芥蒂，晨钟暮鼓变云霞。
近来世论多拘束，蚊睫中间欲放衙。

陌上花三首

吴景旭[②]

吴越王妃（庄穆夫人吴氏）每岁春必归临安，王遗以书曰："陌上花开，可缓缓归矣。"东坡衍其意为歌三首，仍和坡韵。

① 黄宗羲（1610—1695），字太冲，号南雷，学者尊称为"梨洲先生"，浙江余姚人。黄尊素长子。尊素以劾魏阉死诏狱。明思宗即位，宗羲十九岁，入都讼冤，袖锥锥许显纯。归，治葬既毕，专心治学，受业于刘宗周。崇祯十一年（1638），与吴应箕等作《留都防乱公揭》攻阮大铖，大铖恨之入骨。福王立，大铖欲杀宗羲等百四十人，以清军南下未果。宗羲归余姚，率里中子弟数百人从监国鲁王抗清，号"世忠营"，授职方主事，改监察御史。鲁王败走入海，宗羲犹结寨四明山，入海探鲁王，授左副都御史职。后以绝望于恢复，乃奉母返里，著述讲学，四方学士从者日众。康熙间举鸿博、荐修《明史》，均力辞，而史局大议必咨之。其学教人穷经读史，尤深于史学。著《明儒学案》，又著《宋元学案》（未成），后全祖望续成之。宗羲搜集明人文章，为《明文案》，又扩充成《明文海》。著《明夷待访录》痛责君主罪恶，以开明专制为理想，为宗羲政治社会思想之结晶。其余著作尚有《隆武纪年》《永历纪年》等纪事之书，合称《行朝录》。诗文有《南雷文定》《南雷诗历》等。

② 吴景旭（1611—1695），字又旦，一字旦生，号仁山，浙江湖州人。明诸生，入清弃去。早岁流离艰苦，晚年田园旷适，卜筑于南山堂（赵孟頫别业旧址），一时名流多会于此。诗与白居易为近。著有《南山堂自订诗》《乐府》《词》《历代诗话》。生平事迹见《清诗纪事初编》卷二。

其一

陌上花愁作片飞，一番长雨惜红非。
要知春色年年老，试听娇歌缓缓归。

其二

陌上花迎笑眼开，游人尽是为花来。
鲤书行且双双达，凤缱应须缓缓回。

其三

罗平枉信图中鸟，锦幄真成陌上花。
岂有些些非满意，故教缓缓不思家。

明圣湖感怀和吴山

彭孙贻[1]

汀蘋烟芷森垂纶，欸乃渔歌月下新。
陌上花钿残醉路，堂中蟋蟀半闲人。
江声日夜悲横角，山色空蒙敛战尘。
不是白公堤畔柳，何年曾送六桥春。

① 彭孙贻（1615—1673），字仲谋，号羿仁。浙江海盐人。彭孙遹从兄。明拔贡生。明末与邑人创瞻社，为名流所重。明亡后，痛其父为国殉难，布衣蔬食二十余年，矢志不仕清，奉母隐居著述以终。词能以俊爽药庸下，以婉约运清空。有《茗斋集》。词集名《茗斋诗余》。

奉和牧翁陌上花三首

柳如是[①]

其一

陌上花开照板扉，鸳湖水涨绿波肥。
班骓雪后迟迟去，油壁风前缓缓归。

其二

陌上花开一片飞，还留片片点郎衣。
云山好处亭亭去，风月佳时缓缓归。

其三

陌上花开花信稀，楝花风暖飏罗衣。
残花和梦垂垂谢，弱柳如人缓缓归。

凭栏人·陌上

吴　绮[②]

陌上花开烟景稠，折得花枝红在手。

① 柳如是（1618—1664），本姓杨，名爱，字蘼芜，后改姓，名是，字如是，小字影怜，号我闻室主，人称河东君，浙江嘉兴人。明末为吴江名妓，能诗善画，多与名士往来。崇祯十三年（1640），男装访钱谦益。次年，嫁谦益。南明亡，劝谦益殉国，不能从。入清，传有密谋复明之举。谦益死，族人要挟索舍，竟自缢死。有《河东君集》。

② 吴绮（1619—1694），字丰南，号绮园，又号听翁，有“红豆词人”之称，江苏江都（今江苏扬州）人。顺治十一年（1634）拔贡生，荐授秘书院中书舍人。康熙时官至湖州府知府，捕豪猾，修名胜，以失上官意被劾罢。居废圃，有求诗文者，以花木为润笔，因名其圃为“种字林”。诗词骈文有盛名，才华富艳。有《林蕙堂集》《艺香词》等。

将花却自羞。惹东风，吹不休。

次张敦复学士赐金园春山八咏韵

孙枝蔚①

陌上花

泼眼春光陌上明，红尘香处马蹄轻。
勾将蝶作探花使，劝得人争痛饮名。
狼藉定逢谁护惜，留连独觉有心情。
上林景物虽殊绝，羯鼓何如社鼓声。

煌煌京洛行

顾景星②

煌煌四都际四极，断鳌作柱娲皇立。
地维天纪分两京，宛丘直南蒲坂北。
燕云以后十六州，繁华遂与江东俦。
春风实帐三千所，杲日金梯十二楼。
甲第平连鸩鹊观，玉河遥拟凤凰洲。

① 孙枝蔚（1620—1687），字豹人，陕西三原人。世为巨商，明末散家财起兵，与李自成军对抗。兵败，只身走扬州读书，刻意为诗。康熙十八年（1679）荐举鸿博，自陈衰老，不应试，授内阁中书衔。有《溉堂集》。

② 顾景星（1621—1687），字赤方，号黄公，湖北蕲州人。康熙十八年（1679），荐举博学鸿词科，以病辞。记诵淹博，著述甚富。有《白茅堂集》《读书集论》《赙池录》等。

九边驰道通三辅，七萃雄师领列侯。
六朝佳丽依天堑，海漕江输到畿甸。
越罗楚练堆作山，方物奇琛古希见。
名王赐宴葡萄宫，阏支画像甘泉殿。
十二陵边树若云，纵横陌上花如霰。
箭及照阳野燹红，一龙浮渡大江空。
朱衣凿断秦淮水，王气摧残日月峰。
琵琶遗响弹黄鹄，筚栗迎霜落塞鸿。
何人更拟三都赋，铅椠须惭左太冲。

述怀二首（其一）

冯云骧①

人生各有命，富贵安可求。
静心服道素，泉石恣优游。
冥鸿达者羡，文牺志士羞。
伤彼陌上花，疾风吹未休。
去为沟中泥，妍华讵可留。
南山有古木，曾不畏高秋。

---

① 冯云骧（约1626—约1693），字讷生，山西振武卫（治在今山西代县）人。顺治八年（1651）举人，十二年（1655）进士，初授大同府教授、内转国子监博士，迁户部主事、刑部员外郎。康熙十七年（1678）典福建乡试，次年举博学鸿词。寻转四川提学佥事，以福建督粮道致仕归里。著有《讷生诗集》，卷六为《寒山吟》词。另有《春秋说约》《约斋文集》《飞霞楼诗》等。《寒山吟》共录词一百十三首。原刊未见，今传为其十世孙冯鹏翥重刊，前录《代州志·讷生公小传》，后附康熙三十年（1691）阎若璩跋。

八日汪上舍日祺招同诸公夜泛五首（其三）

朱彝尊[1]

西泠桥外柳娟娟，宿雾迷蒙月一弦。
陌上花钿如可拾，安知老子定无缘。

满宫花·南园

彭孙遹[2]

试青鞋，褰翠袖。春色南园堆绣。白头犹说广陵王，能使行人回首。

锦衣城，今在否。见说当时宫囿。陌上谁歌缓缓归，只有花开如旧。

---

① 朱彝尊（1629—1709），字锡鬯，号竹垞，晚别号小长芦钓鱼师、金风亭长，浙江秀水（浙江嘉兴）人。少时痛心明亡，志在恢复。旋客游四方，声名渐广，康熙十八年（1679）应博学鸿词科，授检讨，与修《明史》，对体例多所建议。学问兼工诗、文、词、经学考据。诗与王士禛齐名，词与陈维崧称“朱陈”。有《曝书亭集》《经义考》《日下旧闻》《明诗综》《词综》等。

② 彭孙遹（1631—1700），字骏孙，号羡门，浙江海盐人。顺治十六年（1659）进士，康熙间举博学鸿词，考列第一，授编修。历吏部侍郎兼翰林院掌院学士。为《明史》总裁。以才学富赡、词采清华，有名于时。有《南往集》《延露词》。身后，其子彭景曾刻《松桂堂全集》。

悼亡诗十四首（其二）

王士禛[①]

哭张宜人作

门第河东双戟围，当年燕子傍谁飞。

可怜陌上花开后，常送香车缓缓归。

送西崖游粤西三首（其三）

王士禛

白鹤峰头月，闻歌子夜斜。

临安陌上曲，不似朗陵花。

悼亡诗哭陈孺人及女宫作

王士禛

十七年来忆别家，任城云树即天涯。

挼蓝一道南池水，争忍重歌陌上花。

---

① 王士禛（1634—1711），字子真，一字贻上，号阮亭，晚号渔洋山人，山东新城人。身后避世宗讳，改“禛”为“正”，高宗命改“祯”。顺治十五年（1658）进士。授扬州府推官。康熙间历礼部主事、翰林院侍讲，官至刑部尚书。诗有一代正宗之称。倡神韵之说，领袖诗坛近五十年。文章亦颇雅饬。诗集初有《阮亭诗钞》，晚年并历年所刻为《带经堂集》，自选部分诗为《渔洋山人精华录》，另有笔记《池北偶谈》。

读东坡、无咎《陌上花》有感题后二首

王士禛

其一

临安陌上又花飞，目断江潮去不归。
歌罢玉楼情脉脉，邓州春草怨芳菲。

其二

汴中朱邸纳降王，锦树依然别故乡。
差胜潺潺帘外雨，落花流水怨南唐。

春山八咏同羹湖作陌上花

张　英[①]

踏歌南陌近清明，短后新裁白纻轻。
旧过溪桥曾识路，许多红紫不知名。
横侵屐齿骚人趣，斜插钗头少妇情。
社饮醉眠随处好，只愁风雨杜鹃声。

① 张英（1637—1708），字敦复，号乐圃，安徽桐城人。康熙六年（1667）进士，由编修累官文华殿大学士，兼礼部尚书。历任《一统志》《渊鉴类函》《平定朔漠方略》总裁官，充会试正考官。为官敬慎，卒谥文端。有《恒产琐言》《笃素堂诗文集》等。

拟古诗十九首苏子卿怀李陵

李光地[①]

荧荧陌上花，经霜著根蒂。
人生义与恩，蛮貊不可弃。
蓬转入边沙，所分长委翳。
回飙忽天来，吹我上云际。
故友盈觞酒，殷勤为我置。
短舞复哀歌，泪下沾襟袂。
嗟子慕奇勋，终怵神明忌。
自非上圣人，达节安得冀。

塞外寒食

高士奇[②]

渺渺征途阅岁华，两经寒食漫思家。
东风不染边头草，韶序应开陌上花。
野戍无烟非禁火，古河愁渡有流沙。
年光岂得成虚掷，自顾浮生惜有涯。

① 李光地（1642—1718），字晋卿，号厚庵，福建安溪人。康熙九年（1670）进士，授编修。省亲回闽，适耿精忠叛，密疏言军事形势。还京，授内阁学士。历吏、兵、工三部侍郎，直隶巡抚，至文渊阁大学士。以崇信程朱理学为康熙帝所信任，号为名臣。谥文贞。有《榕村全集》《榕村语录》及说经之书多种。

② 高士奇（1645—1703），字澹人，号江村，浙江钱塘（今属浙江杭州）人。家贫，以监生就顺天乡试，不利，充书写序班。以明珠荐，入内廷供奉，授詹事府录事。累迁为少詹事，权势渐盛，与王鸿绪等相结，为郭琇所劾，休致回籍。旋再召进京修书，仍直南书房。官至礼部侍郎，未就任而归。卒谥文恪。著有《左传纪事本末》《春秋地名考略》《清吟堂全集》《扈从日录》《松亭行纪》《江村销夏录》《北墅抱瓮录》等。

送仲生（其二）

高士奇

陌上花开春暮时，枝头睍睆啭黄鹂。
马蹄若过齐州道，探取磨崖百尺碑。

摸鱼子·雄县泛舟

龚翔麟[1]

厌征尘、马蹄得得，轻舟且漾前浦。无人来往湖天阔，转入芦花深处。风色暮。看蟹簖鱼标、不碍飞鸥鹭。绿杨倦舞。但密扫浮萍，低侵乱草，难挽夕阳驻。

秋容好，想到江南归路。冷波一片烟雨。锁澜桥畔堪乘兴，况有采菱船女。须记取。削白竹为扉、尽可移家住。相邀伴侣。载小榼香醪，花开陌上，缓缓唱歌去。

钱塘怀古

倪承茂[2]

五代兴亡一梦中，射潮江浒想英雄。
锦衣木石沾恩幸，铁券山河誓始终。

---

① 龚翔麟（1657—1718），字天石，号蘅圃，晚号田居，浙江仁和（今属浙江杭州）人，龚佳育子。康熙二十年（1681）中顺天乡试乙榜。由工部主事累迁御史，有直声。致仕归。好藏书，所蓄为浙右之冠。其诗不囿于宗唐，喜学苏轼。词为“浙西六家”之一，负一时之名。大率以姜夔为宗，旁及南宋诸家。卒年六十二。有《田居诗稿》。词集名《红藕庄词》。

② 倪承茂，生卒年不详，字稼咸，号岍塘，江苏吴县（今属江苏苏州）人。乾隆举人。举鸿博与试未用，在乡里教授生徒以终。工诗，与沈德潜齐名。著有《岍塘诗稿》。

凤舞龙飞形胜在，虎符玉节霸图空。
花开陌上年年好，无复行人指故宫。

表忠观

汪由敦[1]

朱门古殿明湖曲，玉座凝尘舞蝙蝠。
三世五王凝一堂，一一英姿耀冕服。
斗牛占象霸图开，市中术者豫章来。
劲旅摧巢八百里，都兵破越穷天台。
闭门天子孽自作，妖鸟罗平扫如箨。
铁券功名衣锦城，丹青图画凌烟阁。
杨枝曲罢天亡唐，江东端不失孙郎。
打毬御马于阗带，英雄意气何堂堂。
枕畔金铃惊五夜，罗刹奔潮千弩射。
玉册金符尚父名，新罗渤海纷相下。
五百功臣息战尘，三楼画栋照千春。
牢盆海上横戈日，何意江山作主人。
奕叶依然承土宇，宫殿排云事歌舞。
卵觳家家按籍来，器服年年输内府。

① 汪由敦（1692—1758），字师茗，号谨堂，又号松泉居士，浙江钱塘（今属浙江杭州）人。雍正进士。乾隆元年（1736）入值上书房。历官兵部侍郎、户部尚书等。十一年（1746）授军机大臣、协办大学士，充《平定准噶尔方略》正总裁。长于文学，博闻强记，聪颖过人，诏谕多出其手，高宗御制诗文亦有为其代作者。又善书法，所书曾被高宗集为《时晴斋法帖》十卷。著有《松泉诗文集》。

八十年来王气消，石镜尘昏大树凋。
箧书虽满客归国，折简毋烦又入朝。
子阳季孟空雄壮，自作安丰甘退让。
居人生不识干戈，父老至今思保障。
陌上花开缓缓归，歌声已断昔人非。
青蘋无复村农荐，芳草空留羽士悲。
龙山突兀余残照，可怜异代还祠庙。
阶墀赑屃立丰碑，句奇语重褒忠孝。
剔藓扪碑一慨然，短墙邻并玉津园。
江外冬青缠野草，珠帘何处问通天。

荪溪元配朱孺人挽诗

桑调元[①]

毕生辛苦对牛衣，未见贤雄六翮飞。
绝少刀圭和大药，犹余锦段委残机。
江边月怅团团没，陌上花虚缓缓归。
行待微之俸钱满，营斋营奠泪频挥。

① 桑调元（1695—1771），字伊佐，一字韬甫，别号独往生、五岳诗人，浙江钱塘（今属浙江杭州）人。雍正十一年（1733）进士。授工部主事，引病归。曾从劳史受理学，主九江濂溪书院讲席，辟余山书屋，晚年主讲滦源书院。有游山癖，遍游五岳，能步行百里。诗豪宕不群，深得山水之助。有《韬甫集》《五岳集》《论语说》《躬行实践录》。

吴越武肃王庙下作

胡天游[1]

长鲸一剑八百里，落雁千都十四州。
河外赤符终奉汉，江陵玉马本朝周。
花开陌上香车杳，衣卷山前锦树秋。
安得英雄万强弩，天边更为转涛头。

陌上花三首

朱仕玠[2]

其一

陌上花开日正迟，百年士女惜芳菲。
曼声缓缓休教歇，蝴蝶飞飞不肯归。

其二

陌上花时草渐青，草浓花已怨飘零。
枝枝且看簪珠髻，缓缓何妨驻翠軿。

① 胡天游（1696—1758），一名骙，字稚威，号云持，初姓方，名游，浙江山阴（今浙江绍兴）人。雍正间副贡。乾隆元年（1736）举鸿博，因病未终场而出。后客死山西。工诗文，尤以骈体文著称。有《石笥山房文集、诗集》。

② 朱仕玠（1712—1773），字璧丰，号筠园，福建建宁人。乾隆十八年（1753）拔贡生。授德化教谕，后升内黄知县，未上任而卒。有《筠园诗稿》《小琉球漫志》《龙山漫录》等。

其三

盖世勋名朝露晞，一声陌上泪沾衣。
凄凄去国终须去，缓缓言归竟不归。

栾城留别

袁　枚[①]

陌上花飞五夜风，文霞光映彩云红。
碧梧翠竹三千树，凤鸟曾栖定不同。
一夜邮亭落月迟，轻尘短梦两难知。
临期苦问重来日，肠断杨花满路时。

钱塘弩

归懋仪[②]

怒涛滚滚排山至，此是英雄不平气。
英雄灵爽岂易降，人中乃有吴越王。

---

① 袁枚（1716—1797），字子才，号简斋，晚号随园老人，浙江钱塘（今属浙江杭州）人。少负才名，乾隆四年（1739）进士。任溧水、江宁等县知县，有政绩。四十岁即告归，在江宁小仓山下筑园名“随园”，吟咏其中。诗主性灵，古文骈体亦自成一格。性通达不羁，尤好宾客，四方人士到江南，必至随园投诗文。又广收诗弟子，女弟子尤众。有《小仓山房集》《随园诗话》《子不语》等。

② 归懋仪，生卒年不详，字佩珊，江苏常熟人，巡道归朝熙之女，上海监生李学璜妻。从袁枚学诗，称女弟子，时与席佩兰相唱和，颇负诗名。往来江浙间，为闺阁塾师。晚年结庐沪上。其诗以清婉绵丽胜，著有《绣余续草》《听雪词》。生平事迹见《晚晴簃诗汇》卷一八六、《清代闺阁诗人征略》卷六。

钱王意气迈当世，所贵存心在利济。
裂石穿波强弩开，潮头转向西陵逝。
势如轰雷震山岳，水底蛟龙尽惊避。
宝剑光横十四州，得意难忘根本地。
父老欢呼草木荣，丈夫至此岂无情。
龙飞凤舞应前谶，他年遂作长安城。
陌上花开春复春，钿车零落埋香尘。
至今江口寒潮急，犹似当年射弩声。

偕凌衡甫和钧谒钱武肃王祠

陶玉珂[①]

东南保障古诸侯，半壁江山一线留。
箭落潮头自神武，花歌陌上亦风流。
空余铁券磨尘劫，尚说金钱买夜游。
患气未销兵革恨，满湖风雨战松楸。

雨霖铃·过表忠观谒钱武肃王像

陶元藻[②]

英雄去矣，旒冕飞扬，灵旗闪斗。忆昔凌夷唐室，任十

① 陶玉珂，字子佩，秀水（今浙江嘉兴）人，光绪壬午举人，官直隶知县，著有《兰熏馆遗稿》。

② 陶元藻（1716—1801），字龙溪，号篁村，晚号凫亭，浙江会稽（今属浙江绍兴）人。乾隆时诸生。尝客两淮盐运使卢见曾处，诗文有盛名。归里后，于西湖筑泊鸥庄，以撰述自娱。著有《全浙诗话》《凫亭诗话》《越彦遗编考》《越画见闻》等。

国割河山据守。天锡忠良袭马，问是谁消受？神武处、强弩三千，滚滚江潮向东走。

安排玉斝金樽酒，唱还乡、肯落歌风后。云烟过眼何疾？剩铁券、土花缠绣。十四州城，只换得、祠前几树衰柳。犹记忆陌上花开，缓缓归时否？

赋得原隰荑绿柳得荑字二首（其二）

纪　昀①

茌苒东风到，参差柳欲荑。
疏黄才挂缕，浅绿已垂堤。
系马条犹弱，藏乌叶未齐。
数行春映带，几处影高低。
沮洳通兰泽，亭皋接蕙蹊。
相看青隐隐，会待碧萋萋。
陌上花三月，桥边水一溪。
他时携酒路，树树是莺啼。

① 纪昀（1724—1805），字晓岚，号石云，又号春帆，直隶献县人。乾隆十年（1745）进士。自编修累官侍读学士。以姻家卢见曾案漏言，戍乌鲁木齐。释还后再授编修。三十八年（1773），被举为四库全书馆总纂，在馆十年，纂成全书，并撰《四库全书总目提要》。嘉庆间官至协办大学士，加太子太保。谥文达。另有《纪文达公集》《阅微草堂笔记》。

吴越宫词十首（其二）

钱大昕[①]

清歌缓缓恼人怀，陌上花飞湿锦鞋。
一望浮图如绀碧，不知破费几金钗。

西湖咏古六首（其二）

赵　翼[②]

割据深心笑井蛙，金书玉册累朝加。
千秋英气潮头弩，三月风情陌上花。
民不罹兵都爱主，国无称帝易传家。
霸庭不肯填湖筑，此意今犹父老嗟。

① 钱大昕（1728—1804），字晓徵，一字及之，号辛楣、竹汀居士，江苏嘉定（今属上海）人。乾隆十九年（1754）进士，授编修，历官少詹事、广东学政。五十岁即回籍，历主钟山、娄东、紫阳书院讲席。精研经史、金石、文字、音韵、天算、舆地诸学，考史之功，号为清代第一。有《廿二史考异》《十驾斋养新录》《元史艺文志》《元史氏族表》《恒言录》《疑年录》《潜研堂集》等。

② 赵翼（1729—1814），字耘松，一字云崧，号瓯北，江苏阳湖（今属江苏常州）人。乾隆二十六年（1761）进士，殿试第三，授编修，历广西镇安知府，官至贵西道。曾佐两广总督李侍尧幕。晚主讲安定书院。诗与袁枚、蒋士铨齐名。又精史学，有《廿二史札记》《陔余丛考》《瓯北诗集》《檐曝杂记》《皇朝武功纪盛》等。

陌上花

毕　沅[①]

陌上花，红簇簇，千枝万朵琢香玉。
黄蜂上下勤，紫燕往来熟。
车马劳劳东复西，奔驰名利罕游目。
春光输与画楼人，尽日钩帘看不足。

陌上花三首

谢启昆[②]

其一

铜丸夜警龙无睡，稀闻宴乐春行围。
钱王高唱还乡曲，晋国初从陌上归。

其二

归日新妆临石镜，翟衣光并锦衣映。
花开十里露初干，少时女伴争来看。

① 毕沅（1730—1797），字纕蘅，一字秋帆，小字潮生，自号灵岩山人，江苏镇洋（今江苏太仓）人。乾隆二十五年（1760）一甲一名进士，授修撰，官至湖广总督。经史、小学、金石、地理之学，无所不通。好著书。续司马光书，成《续资治通鉴》。有《传经表》《经典辨正》《灵岩山人诗文集》等。

② 谢启昆（1737—1802），字良璧，号蕴山、又号苏潭，江西南康人。乾隆二十六年（1761）进士，授编修。嘉庆时官至广西巡抚，卒于官。少以文学名，博闻强识，尤善为诗。有《树经堂集》《小学考》《西魏书》等，晚成《广西通志》。

其三

功臣山外烂如绣，香尘不动人依旧。
年年芳草识云軿，缓缓清歌迟玉漏。

春行杂忆三首（其一）

沈　初[①]

无赖风光到眼新，嫩烟微雨不胜春。
可怜陌上花开日，谁为停杯忆故人。

吴门杂诗六首（其六）

秦　瀛[②]

祠寻短簿映斜晖，陌上花钿缓缓归。
斟酌桥边横系艇，波痕绿上酒人衣。

① 沈初（？—1799），字景初，号云椒，浙江平湖人。乾隆二十八年（1763）探花。授编修。累擢兵部侍郎。曾任福建、顺天、江苏、江西等省学政，充四库全书馆、实录馆副总裁，续编《石渠宝笈》《秘殿珠林》，校勘太学石经。嘉庆间，官至户部尚书。卒谥文恪。有《兰韵堂集》。

② 秦瀛（1743—1821），字凌沧，一字小岘，晚号遂庵，江苏无锡人。乾隆四十一年（1776）举人，以举人召试山东行在，授内阁中书。嘉庆间官至刑部右侍郎。为官勇于任事。少有文名，诗文力追古风，而能有所自得。辞官后修县志，网罗地方文献。有《小岘山人诗文集》《淮海公年谱》等。

示内人归宁

黎　简[1]

几湾春浪软，双桨落花红。
衫薄刚支病，江深约有风。
外孙犹少女，而父慕梁鸿。
陌上花开急，归防缓缓空。

门有车马客

黄景仁[2]

门有车马客，借问客何为。
忆昔共杯酒，高谊薄云雷。
西游灞陵道，东访燕昭台。
君乘驾高足，我马方虺隤。
讵关时命蹇，升沉各异才。
客为主人言，言言使心哀。
讵以陌上花，忘兹谷中萑。

① 黎简（1748—1799），字简民，一字未裁，号二樵，又号石鼎道人、百花村夫子，广东顺德人。乾隆五十四年（1789）拔贡。诗画书称三绝，诗学李贺、黄庭坚，刻求新颖，书得晋人意。性喜山水，所居百花村，有众香亭、药烟阁等胜。名流来粤者无不过访。有《五百四峰草堂诗文钞》《药烟阁词钞》《芙蓉亭乐府》等。

② 黄景仁（1749—1783），字仲则，一字汉镛，号鹿菲子。江苏武进人。清监生。家贫游四方，入安徽学政朱筠幕。乾隆四十一年（1776）高宗东巡，召试，列二等，陕西巡抚毕沅爱其才，助其纳资为县丞。将补官，遇债主催逼，抱病赴西安，卒于山西运使沈业富署中。其诗与洪亮吉齐名，称“洪黄”，为清中叶最具代表性诗人，任其天之自然，称其心之欲出，乾坤清气，独往独来。词则小令情辞兼胜，长调颇多楚声。又精书艺，工篆刻。有《两当轩集》《竹眠词》。

发箧出文绮，探怀出青瑰。
要脱明月珠，手奉黄金杯。
慨然起相寿，将进仍徘徊。
长揖笑相挽，客今胡为哉。
木生各有节，士生各有怀。
秉素苟不渝，何用相炫财。
脱复共存问，相好无相猜。

杭州怀古

李赓芸[①]

十四州承一剑寒，天教尚父王临安。
斗牛光起金床蚀，锦绣歌传铁券完。
陌上花开春烂漫，江边弩射水汍澜。
伤心只有罗昭谏，榜纸无名泪暗弹。

社日朴园斋中咏燕二首（其二）

张问陶[②]

短羽差池片影斜，似曾相识在天涯。

① 李赓芸（1754—1817），字生甫，又字许斋，号书田，江南嘉定（今属上海）人，系著名学者钱大昕入门弟子。
② 张问陶（1764—1814），字仲冶，号船山、药庵退守，又自号蜀山老猿、老船，四川遂宁人。乾隆五十五年（1790）进士。授检讨，改御史，再改吏部郎中，出知山东莱州府。以忤上官，称病去职。卒于苏州。诗称一代名家，沉郁空灵，能自出新意。亦工画。有《船山诗草》。

喃喃话尽梁间月，缓缓归怜陌上花。
营垒有情何日稳，衔泥无定一生差。
乌衣故巷凭谁问，已是寻常百姓家。

钱唐怀古八首（其二）

乐　钧[①]

游春陌上花空老，衣锦山头树亦僵。
一种江南亡国恨，表忠碑下独彷徨。

吴越王衣锦还乡图五首（其五）

李兆洛[②]

芒砀歌风亦有台，酒酣清泪欲沾衣。
何如陌上花开日，一曲春风缓缓归。

---

① 乐钧（1766—1814或1816），初名宫谱，字元淑，号莲裳，江西临川人。嘉庆六年（1801）举人。工诗。与吴嵩梁为翁方纲弟子，均以才名遨游王侯公卿间。有《青芝山馆诗文集》。

② 李兆洛（1769—1841），字申耆，江苏阳湖（今属江苏常州）人。嘉庆十年（1805）进士。任安徽凤台知县七年。主讲江阴暨阳书院二十年。专精史学，尤嗜舆地。有《养一斋集》《历代地理志韵编今释》《历代地理沿革图》等。

叠雪楼是钱武肃王射潮处六首（其六）

陈文述[1]

《吴越备史》云："武肃王以开平四年八月，筑捍海塘，怒潮冲击，版筑不就，表告于天，祷胥山神。函诗一章，置海门云：'传语龙王并水府，钱塘借与筑钱城。'因采山阳之竹造矢三千只，傅以鸿鹭之羽，饰以丹朱，炼罡火之铁为镞，募强弩五百以射涛头。人用六矢，每潮一至，射一矢。五矢，潮乃退。箭所止处，尝立铁幢，因名其浦。"《临安志》云："江挟海潮，为患其来已久。白乐天判郡日尝为文祷于江神，然人力未及施也。钱武肃始筑捍海塘，在今候潮通江门外，命强弩射潮，潮避钱塘，击西陵，遂造竹络，积巨石，植以大木。堤岸既成，久之，乃为城邑部落，凡今平陆，皆昔时江也。"武肃王于叠雪楼架强弩数百以射潮，见成化《杭州府志》。

云外寒潮日夜流，借江何似借荆州。
春山陌上花开路，闲话江边叠雪楼。

青鸾阁梅花仙人歌答李香谷十首（其八）

陈文述

陌上花开归缓缓，醉来且卧苔枝馆。
梅子山前一问津，白石老仙同我懒。

① 陈文述（1771—1843），原名文杰，字云伯，又字隽甫，字退庵，浙江钱塘（今属浙江杭州）人。嘉庆五年（1800）举人，官江苏江都、常熟等县知县。有诗名，在京师与杨芳灿齐名，时称"杨陈"。有《碧城仙馆诗钞》《颐道堂集》等。

霪雨稍止柳翁招集书斋醉赋一绝留别

沈钦韩[①]

糟床滴酒乱檐声，一夕酣歌喝月行。
陌上花开归去好，趁扶残醉听黄莺。

清明过悯忠寺

沈钦韩

千指袈裟香拂林，最难风软作春阴。
叩门不觅悲辛食，拈尘聊参得证心。
陌上花开红雨暗，江南草长碧云深。
年来萧寺题诗处，萝月苔烟梦独寻。

钱塘怀古四首（其二）

张维屏[②]

妖鸟罗平自绝踪，凤山王气已潜钟。
时来木石皆衣锦，运盛江潮亦避锋。

① 沈钦韩（1775—1832），字文起，号小宛，江苏吴县人。嘉庆十二年（1807）举人。后授宁国训导。夏夜苦读，置双脚于瓮以避蚊。通经史，好为骈文而不甚工，长训诂考证，以《两汉书疏证》最为精博。又有《左传补注》《三国志补注》《水经注疏证》《王荆公诗补注》《幼学堂集》等。

② 张维屏（1780—1859），字子树，号南山，又号松心子、珠海老渔，广东番禺人。道光二年（1822）进士。历官黄梅、广济知县，南康知府。于经义、古文、骈体、词曲、书法、医学，无不究心。尤工诗，与黄培芳、谭敬昭称“粤东三子”。所作《三元里》《三将军歌》等，反映鸦片战争中抗敌英杰，尤足称道。有《听松庐诗钞》《松心诗录》《松心文钞》《艺谈录》《国朝诗人征略》等。

陌上花招新蛱蝶，峰头云立古芙蓉。
虎符龙节知何处，一杵飞来水寺钟。

凤凰山怀古

屠 倬[1]

日夕登古原，天低四郊旷。
黄云海边起，风沙两摩荡。
龙山亘西回，凤咮环北向。
到江青连纡，势直趋秦望。
怀哉古吴越，严城一何壮。
负贩起英雄，两浙资保障。
百年霸业歇，望气知不王。
当年陌上花，空闻小儿唱。
如何建炎初，乃复临天仗。
草草就偏安，国是坏奸相。
李纲屡左谪，陈同未弭谤。
始撤两河兵，终失汴京望。
望祭虚有名，燕游盛供张。
赐第连通衢，飞楼跨青嶂。
笙歌未终夕，马丁祸先酿。
杜宇哭冬青，白雁来江上。

① 屠倬（1781—1828），字孟昭，号琴坞，晚号潜园，浙江钱塘（今属浙江杭州）人。嘉庆十三年（1808）进士。知江苏仪征县。在任五年，除盐枭，清疑案，劝民纺织。道光初擢九江知府，以疾辞。工诗古文，诗与郭麟齐名。有《是程堂诗文集》。

至今穆陵土，头颅几迁葬。
惟有两峰云，风吹自来往。

缝穷妇

斌　良[1]

桑濮方寻陌上花，狭斜错认抱琵琶。
青娥彼亦夫人子，野鸭羞为到处家。

杂　兴

斌　良

汲泉涤破觥，洒扫池上轩。
陌上花乱开，相告童子奔。
田父偶过存，倚杖同笑言。
黄泥坼家醅，榛栗饤几前。
胡必餍粱肉，蔬食当晚餐。
扶策课晴雨，浩吟成一编。
乡里称善人，不羡结驷千。
莫厌鲁酒浑，莫厌齑瓮酸。
号呶任酣醉，藉蒉石上眠。
优游乐莫乐，鼓腹歌丰年。

---

① 斌良（1784—1847），瓜尔佳氏，字笠耕，一字备卿，号梅舫，清满洲正红旗人。嘉庆、道光间历官山东兖沂道、江苏苏松粮道、刑部侍郎等官，终驻藏大臣。善诗，以一官为一集，得八千首。有《抱冲斋全集》。

题周铁瓢农《桃叶渡江图》

沈学渊[①]

桃叶绿成阴，桃花红作雨。
桃叶复桃根，手种藏春坞。
花坞带春愁，花枝照渡头。
门临瓜蔓水，人在木兰舟。
秦淮潮信涨，一水盈盈望。
小语问归期，桃花开陌上。
花落委青莎，浮萍皴绿波。
酒边飞絮曲，花外采莲歌。
莲子花开落，新凉生绮阁。
日暮望长江，白浪西风恶。
转忆别欢时，丁宁慰所思。
蘼芜回首绿，双桨送迎迟。
赤栏桥畔路，屧响闻纤步。
流水有情声，九曲清溪渡。
渡口画楼低，珠帘夹道迷。
莫愁湖畔月，梁燕照双栖。

① 沈学渊（1787—1833），字梦塘，江苏宝山（今属上海）人。嘉庆十五年（1810）举人。曾应潘镕之召修《萧县志》，后又与修《福建通志》。

吴越宝正四年砖歌为六舟上人作

黄金台[①]

古砖一片光黝黑，云是婆留旧抟埴。
若非碧波亭畔遗，即应黄妃塔边得。
宝正纪年方四祀，不比乾宁岁丁巳。
岂有工名勒蜀师，依然国姓留钱氏。
亦称帝制亦改元，犹说开门节度使。
定论千秋属后人，鄱阳随笔庐陵史。
钱王本是英雄流，保障东南十四州。
玉带锦衣荣故里，诏书册卷起三楼。
当年土木穷金碧，只今荒陇埋瓴甓。
坏薜犹疑陌上花，落星难问山头石。
达公达公今贯休，独携瓶钵天涯游。
摩挲古物不忍释，宝此奚啻琅玕球。
土纳尚余残劫烬，瓦全终胜缺金瓯。
磨来作镜烦诗答，此砖今亦归诗衲。
为语方泉白石生，且休速礼金涂塔。

① 黄金台（1789—1861），字鹤楼，浙江平湖人。贡生。性好交游，曾主讲芦川书院。长于骈文，诗工咏史。有《木鸡书屋诗文钞》《听鹂馆日识》等。

湖上口占（其五）

吴振棫[①]

吴越王祠傍水涯，移来残碣藓纹斜。
年年但赏连蜷桂，谁唱当时陌上花。

陌上花

吴振棫

陌上花，花开弄春色。
春归人未归，相怜复相忆。
相怜相忆思绵绵，百花亭外花如烟。
一年花落春无迹，百年人往思遗泽。
伤心重唱木兰花，旧时宫女头都白。

游耔余同年自镇沅卸事归省亲送别

牛　焘[②]

花开陌上蝶初飞，瓜代三年缓缓归。
洱水春晴舒昼锦，南云采映舞斑衣。

① 吴振棫（1792—1870），字仲云，亦作仲耘，号毅甫，晚号再翁，浙江钱塘（今属浙江杭州）人。嘉庆十九年（1814）进士，授编修。咸丰间，历任疆吏，在云南最久，先后任巡抚、署云贵总督，继又实授。有《养吉斋丛录、余录》《黔语》《花宜馆诗钞》等。
② 牛焘（1794—1861），字涵万，丽江人，拔贡生，历任镇沅、安宁、邓川、罗平教官，有《寄秋轩稿》，家饶于资而标寄萧然，蓄一雷氏琴，自谱新曲，被之弦轸。同时马之龙能吹铁笛，郡中有“牛琴马笛”之目。遇战乱，焘避之山洞中，抱琴而死。剑川赵藩辑其诗七十余首刊入《丽郡诗征》中。

青毡宦味君尝好，白首穷途我愿违。
小立河梁无限意，秋风两地雁鸿稀。

春　燕

缪　治①

乌衣公子说司分，芹润泥融正忆君。
故垒有情迟柳絮，晴窗无影掠春云。
花开陌上帘空卷，风暖闺中草自薰。
自向郁金堂上去，双栖双语藉殷勤。

钱塘怀古

查冬荣②

春寒刬地柳含烟，吊古徘徊感逝川。
水阁夜寒金鲫跃，山厨春暖石龙眠。
六陵风雨沧江外，八月波涛故垒边。
陌上无人归缓缓，花开花谢自年年。

① 缪治，生卒年不详，字理斋，江苏江阴人。例监生，挑取誊录，有《理斋遗稿》。
② 查冬荣（1795—？），字子珍，号辛香，浙江海宁人，有《诗禅室集》。

钱塘怀古

陈如骅[①]

一矗红云镇海楼，古来形胜望中收。
运乘割据钟天目，势挟提封抵石头。
强弩自回潮八月，锦衣空老树三秋。
最怜陌上花开后，缓缓归时忆旧游。

凤凰山怀古八首（其二）

金　呟[②]

潮撼危楼空叠雪，云穿怪石尚排衙。
几声牧笛斜阳外，吹尽当年陌上花。

临安道中

任昌运[③]

陌上花开好，溪回路不迷。
火山烧竹炭，水碓捣香泥。
野寺松林鼠，荒村茅店鸡。
夕阳遮曲径，落日乱峰西。

① 陈如骅，生卒年不详，字又陶，号芥堂，长兴诸生，著有《白水山房集》。
② 金呟，生卒年不详，字闻石，清代钱塘（今属浙江杭州）人。金呟与杭世骏有唱和，杭世骏有《梵天寺同周二学金呟金文淳作》一诗。
③ 任昌运，生卒年不详，字英倍，号香杜，海盐人，乾隆丁酉举人，官余杭教谕，著有《香杜草》。

钱塘怀古

张日熙[①]

江云海月秋千里，孤帆夜翦钱塘水。
钱塘花鸟怨兴亡，竖子英雄呼不起。
禹航分地始彭篯，仙迹荒唐事偶然。
庆忌塔前闻鹤唳，伍员祠下断龙泉。
龙泉有泪埋碧血，狐狸夜拜星精没。
斩佞终留太宰头，报仇空划荆王骨。
十丈惊涛吼雪条，鸱夷妩媚拥灵箫。
三千年内无穷恨，十二时中几度潮。
潮声东走江岸古，楚尾吴头黯云树。
可怜遗石笑秦船，终见新塘归汉土。
黄巾青盖又三分，马上孙郎自策勋。
老将孤坟埋战骨，降王妖石断雄文。
金粉南朝怨蘅杜，一抔葬玉西泠雨。
不觉杨家换李家，依然柳浦环榆浦。
此时六井渐膏腴，此际双门列画图。
忠愤空怀褚仆射，风流终付白尚书。
纥干山上啼枝冻，锦衣不见含元贡。
俎豆文章太史才，江山恩怨君王梦。
梦中还我旧山河，浙□南来壮九哥。
子忍戴天亏孝甚，臣悲负日效忠多。

① 张日熙，生卒年不详，原名炳，字翼之，浙江钱塘（今属浙江杭州）人，为钱塘廪贡，候选训导。

冬青花发蟾蜍缺，蜕骨荒凉漆灯穴。
凤凰踏翅晓风凄，鹭鸶拳足寒冰冽。
白杨萧飒玉钩斜，宫体犹开陌上花。
金凤歌残遭掣搦，红鹦啼损恨琵琶。
苔花冷绣鸳鸯瓦，绿袍影妒寒潭泻。
断雁斜阳古驿门，琴歌为问知音者。

后闲情十二章（其二）

姚　燮[①]

相思三五玉蟾蜍，相约花开陌上车。
织爱到心潜缜密，含羞上颊故生疏。
薰衣掩帐寒差耐，拥髻推衾倦未梳。
听得梅梢双翠羽，罗浮清梦较何如？

陌上花

蒋敦复[②]

陌上花，花始开，山头衣锦春归来。

① 姚燮（1805—1864），字梅伯，一作某伯，号复庄，又号大梅山民，浙江镇海人。道光十四年（1834）举人。于学无所不窥，上至经史典籍，下至世俗戏曲小说，皆有所涉猎。又精绘事，擅画梅。诗与彭兆荪近。编有《蛟川诗系》。有《大梅山馆集》《疏影楼词》《今乐考证》《读红楼梦纲领》。

② 蒋敦复（1808—1867），原名尔锷，字纯甫，号剑人。诸生。少时一度出家为僧，名铁岸，一称妙尘。曾以策干杨秀清，后又作诗献曾国藩。识英语。后在上海为人佣书。有《啸古堂集》等。

陌上花，花尽放，钱塘八月秋风唱。
陌上花，花始残，彩绳系宅银瓶寒。
陌上花，花尽落，还我河山梦中索。
花落花开奈尔何，江南缓缓踏青歌。
可怜陌上花无主，行人又种冬青树。

钱武肃王庙联

金安清①

十四州一剑霜寒，辟门天子，闭门节使；
三五夜群婓玉艳，陌上花开，江上潮来。

南浦·春草

蒋春霖②

绿意隐汀沙，雪痕消、又润村村酥雨。山晓睡容酥，斜阳外、深浅青无重数。飞飞蝴蝶，荒庭也是春来处。千里相思谁种出，搀了二分尘土。

---

① 金安清（1816—1898），字眉生，一作梅生，号傥斋，浙江嘉善人。国子监生，后弃举业，游幕公卿间，掌书记，司笺奏，曾入林则徐、曾国藩幕，称干才。由泰州州同擢海安通判，调宿迁，历升至湖北督粮道。尤善理财。晚年筑“偶园”以居，时与文人作诗酒之会。善属文，好吟咏，诗风华俊逸。有《倩亭诗钞》一卷，《能一编》二卷。或说有《宫同苏馆全集》八二卷，《六幸翁文稿》《偶园诗钞》若干卷，未见。生平见《嘉善县志·金安清传》，李柏荣《魏默深师友记》卷五《金安清》，《清朝野史大观》卷七《清人逸事》。

② 蒋春霖（1818—1868），字鹿潭，江苏江阴人。咸丰中，官东台富安场盐大使。一生潦倒，后卒于吴江。工诗。尤工词，与纳兰性德、项鸿祚有清代三大词人之称。

年年空怨裙腰，甚愁根欲划、东风未许。接岸绿波平，销魂事、第一送君南浦。莺啼几度。凭高不见天涯路。陌上闲花开落后，多少马蹄归去。

访宋钱氏书藏歌

劳　格[①]

忠懿余闲嗜书史，吟成属草钟王似。
熙陵睿赏每移情，承家文采多佳士。
有人风月贪西泠，一片松篁九里亭。
新绿含波快延眺，看山杰阁临郊坰。
阁里牙签夸插架，风前芸叶纷来下。
清昼披吟独啸歌，人如脉望餐仙化。
笑谪蓬莱答远怀，一时朋好嗟天涯。
榜题曾说眉山老，有时笠屐来莎阶。
中朝俨昱差相抗，琴盏从容征雅量。
并如文僖好丛残，嫏嬛可到应先访。
情迁事往移心神，陌上花开又晚春。
善本流传何可见，铁券玉册问渔人。
间探遗址行芳野，亦如梵夹乌金瓦。

① 劳格（1820—1864），字保艾，一字季言，浙江仁和（今属浙江杭州）人。少从学朱以升，精校雠之学。其父经原熟唐代典制，著《折冲府考》。未及写定，他为之校补成书。好为辑佚校补，以宋尤延之（袤）、洪文安（遵）、洪文敏（迈）全集久佚，旧辑本未备，重为搜补。所校有《元和姓纂》《大唐郊祀录》《北堂书钞》《蔡中郎集》《文苑英华》。著有《读书杂识》《唐郎官石柱题名考》《唐御史台精舍题名考》《晋书校勘记》等。

浅草寒烟约略间，空余春涨缘堤泻。
放怀往昔几沉吟，自来名迹劳幽寻。
书城墨妙已千古，韵事今犹播艺林。

次韵谭仲修同年古意二首（其一）

孙德祖[①]

乍可种合欢，不愿采将离。
与君缠绵意，续续春蚕丝。
欲妆妆镜黯，天涯一何远。
陌上花乱飞，君归一何缓。
去日复来日，自怜容鬓非。
知君心不改，犹着去时衣。
阿侯如妾长，君来应不识。
宛转文锦襦，是妾机中织。

幕中凌君子伟，咏春草有“旧梦南朝葬美人”句，喜其新警，续成三律（其一）

张洵佳[②]

栽培本不仗东君，自制青袍自着身。

① 孙德祖（1840—1905），字彦清，浙江德清人。同治六年（1867）举人，官长兴教谕。有《寄龛志》《寄龛诗质》《寄龛文存》等。
② 张洵佳，生卒年不详，字少泉，又字瑞生，江阴人。同治癸酉（1873）优贡，历署河南上蔡、陈留县知事。有《爱吾庐诗钞》。

独为骚人留一席，能含芳气占三春。
花开陌上无名字，绿到天涯有泪痕。
趁此韶光归采药，野心久已厌红尘。

漫　兴

袁　昶[1]

居士不服水玉屑，随方差得天机全。
酒中投以赤松药，身病晚栖黄蘖禅。
细观形骸亦外物，无边春色催华颠。
偶出南邻觅酒伴，醉倒陌上花含烟。

忆旧山

袁　昶

山雨山风落翠微，溪晡溪晓破森霏。
梦中肠绕吴阊阙，陌上花薰锦树衣。
溪挟百霆回箭激，山垂两乳勒骖骓。
枉帆若遣过山下，莫笑横江一鹤归。

① 袁昶（1846—1900），字重黎，一字爽秋，浙江桐庐人。光绪二年（1876）进士，授户部主事。讲实学，不主故常。官至太常寺卿。有《袁昶日记》。

安州道上

锡　珍[①]

路向安州落照时，薰风习习拂旌旗。
舆中入梦人游倦，陌上飞花客到迟。
一水稻分高下陇，满山松茁短长枝。
剧怜官道生幽草，软踏芒鞋总不知。

钱王祠六首（其六）

皮锡瑞[②]

断碑苔尘镜石掩，惟有陌上花犹香。
欲访故宫问遗址，荒陵落日来牛羊。

① 锡珍（1847—1889），额尔德特氏，字席卿，蒙古镶黄旗人。同治进士。以侍讲学士累迁至户部右侍郎。光绪七年（1881）任正白旗护军统领，疏请整顿八旗学校。十年（1884）为总理各国事务衙门大臣，迁刑部尚书。次年赴天津与法国使臣换约。旋调吏部尚书。十五年（1889）以议复御史屠仁守处分夺职，寻开复。

② 皮锡瑞（1850—1908），字鹿门，一字麓云，湖南善化人，因景仰西汉今文学大师伏生，署所居名师伏堂，学者因称师伏先生。曾主湖南桂阳州龙潭书院、江西南昌经训书院讲席。说经笃守家法，词章必宗家教。中日甲午战争后，极言变法图强。光绪二十四年（1898）春，任南学会会长，主讲学术，宣扬保种保教，爱国维新。戊戌政变后，被革去举人，逐回原籍，晚年长期执教。博贯群经，今文经学造诣很深，为晚清经学大家之一。著有《五经通论》《经学历史》及《师伏堂丛书》《师伏堂笔记》《师伏堂日记》等。

陌上花·见菜花感赋

易顺鼎[①]

峭寒阑角销魂，曾记玉笙吹暖。摇梦天涯，瘦尽东风如箭。花边胡蝶飞成阵，茜色满衣初剪。算伤春、困酒年年等是，病黄生面。

江南晴未稳，钿车过也，陌上人归应缓。官路斜阳，画出一程程远。几家篱落和愁闭，有个翠鬟低颤。甚迷离、催换园亭烟雨，嫩莺坐晚。

忆旧游

易顺鼎

记鸾笺写韵，凤曲游仙，小住文箫。阁外山如画，试弓腰步屧，来看江涛。画阑旧时曾倚，香气未全销。怕一角斜阳，春人去后，红得无聊。

檀奴惯离别，几陌上花开，江上萍飘。丞相祠堂在，似元都观冷，慵问栽桃。青丝上头，千骑无福比韦皋。渐老了周郎，负他初嫁人姓乔。

① 易顺鼎（1858—1920），字实甫，又字中硕，自号眉伽、哭庵，湖南龙阳（今湖南汉寿）人。光绪乙亥（1875）举人，历官广东钦廉道。有《琴志楼集》。

拟古二首（其一）

柯劭慧[①]

朝采陌上花，夕玩庭中月。
赏心亦何常，遇物即迁别。
人情旦夕更，宠禄岂长托。
颜阖逃鲁币，子搜恋丹穴。
寡虑物可遗，欣名道自阙。
修身非外求，达生信可乐。

① 柯劭慧，生卒年不详，字稚筠，胶州人。有《思古斋诗钞》。

伍

近现代

高阳台

冯　煦[①]

网户常扃，雕栊不瞑，望中烟水凄迷。旧约湔裙，无人自弄参差。花开陌上归犹缓，算残鹃、五夜休啼。夜何其、天上人间，一样相思。

钿车去后梨云冷，只灯边阁梦，笛外歌离。卷尽红心，争奈寸草春晖。双飞乳燕浑无主，怕湘帘、一桁重垂。莫偷窥、明镜尘生，憔悴谁知。

兰陵王·灞桥感柳

樊增祥[②]

晚烟直。桥下罗纹水碧。长亭柳、曾系玉骢，金缕依依可怜色。咸秦岂异国，人识新丰倦客。东风里，一搦楚腰，抱月飘烟不盈尺。

---

① 冯煦（1843—1927），字梦华，号蒿庵、蒿隐，江苏金坛人。光绪十二年（1886）进士。授编修。历官凤阳知府、山西按察使、四川按察使、安徽布政使、安徽巡抚。宣统元年（1909）以事罢官。起为查赈大臣，理江淮水灾救济事。入民国，在沪为寓公，以遗老终。出薛时雨、林寿图之门，诗词并工，尤负词名。编有《宋六十一家词选》，著有《蒿庵类稿》《蒙香室词》《蒿庵词话》。

② 樊增祥（1846—1931），原名樊嘉，又名樊增，字嘉父，别字樊山，号云门，晚号天琴老人，湖北恩施人。光绪进士，历任渭南知县、陕西布政使、护理两江总督。辛亥革命爆发，避居沪上。袁世凯执政时，官参政院参政。曾师事张之洞、李慈铭，为同光派的重要诗人，又擅骈文，死后遗诗三万余首，并著有上百万言的骈文，是我国近代文学史上一位不可多得的高产诗人。著有《樊山全集》。

骤袅去无迹，叹不似江南，长见帆席。华林嫩叶春虫食。随渭水东去，岳莲西指，雨迎烟送四五驿，直青到河北。

恻恻。绮愁积。似摇落江潭，一样凄寂。花开陌上春无极。奈拗项桥畔，数声风笛。春闺红泪，共夜雨，枕上滴。

题锛卿散花仙子图二首（其一）

曹家达①

别来瘦损旧腰肢，种就愁苗两不知。

书到临安春尚早，花开陌上已多时。

北平感旧

王汝赓②

忆昔停车易水涯，觅交屠狗卖浆家。

闲随野老牵黄犬，不羡中书掌白麻。

① 曹家达（1867—1938），字颖甫，又字尹孚，号鹏南，晚号拙巢，江苏江阴人。早年习儒，兼及诗文，光绪乙未年（1895）就学于南菁书院，有“诗文大家”之誉。光绪壬寅年（1902）中举人。光绪甲辰年（1904）废科举，乃致力于医，对《伤寒》《金匮》尤有研究。1927年悬壶于世，凡他医所谓不治之症，着手则愈。临证悉依仲景心法，为近代“经方派”典型医家。其性格耿直笃厚，不肯下人，有“曹戆”之称。治病于富者时或不肯，于贫者则必应，且助以药。孟河丁泽周创办“中医专门学校”于上海，曹氏曾应聘任教。“九·一八”事变爆发，即返归故里。江阴城破，日寇入室，曹氏斥敌，壮烈殉国。著有《伤寒发微》《金匮发微》《曹颖甫医案》《丁甘仁先生作古纪念录》《经方实验录》（门人姜佐景辑录）等，均刊于世。其门人许半龙、陆渊雷、章次公、秦伯未等，皆成一代名医。

② 王汝赓，字熙臣（1875—约1936），河间尊祖庄乡王化村人，清光绪举人。

北阙迁居成废圃，午门镌字改中华。
楚狂那管兴亡事，开谢原同陌上花。

高阳台·故宫观雪

梁启勋[①]

蜡炬堆盘，熏篝浅炷，夜长更漏偏迟。淅淅窗棂，檐前玉箸偷垂。寒塘不动鸳鸯冷，倩晓风莫拂疏枝。看漫空云海苍茫，万顷玻璃。

昭阳殿阁凄凉甚，傍长廊曲槛，历遍阶墀。瘦竹支离，低鬟犹见宫仪。西泠自是伤春路，甚当年误种相思。想如今陌上花骢，曾印香泥。

① 梁启勋（1876—1965），字仲策，广东新会人，梁启超之弟。早年在康有为万木草堂修业。1896 年在上海《时务报》担任修改译稿工作。1902 年入上海震旦学院（今复旦大学），后旅居美国数年。1912 年任天津《庸言》杂志撰述，翌年任《大中华》杂志撰述。1914 年任北京中国银行监理官，又任币制局参事。1928 年脱离政界。1931 年执教于青岛大学。1933 年在交通大学、北京铁道管理学院任训育主任。1938 年任职于中国联合准备银行。1951 年 7 月，被聘任为中央文史研究馆馆员。梁启勋著有《词学》二卷、《稼轩词疏证》六卷、《中国韵文概论》三卷、《曼殊室随笔》五卷、《海波词》四卷。还翻译过《大社会》，后更名为《社会心理之分析》。

春游曲

李叔同①

春风吹面薄于纱，春人装束淡于画。
游春人在画中行，万花飞舞春人下。
梨花淡白菜花黄，柳花委地芥花香。
莺啼陌上人归去，花外疏钟送夕阳。

曲玉管

陈匪石②

草长江南，花开陌上，依然九十春光好。目送征鸿如客，千里迢迢。转魂销。近水楼台，喧天笳鼓，曷来舞燕交肩少。旧地重经，往往嘶过溪桥。玉骢骄。

梦醒天涯，有无限、凭栏心事，感音子夜能歌，倾杯块垒频浇。几昏朝。只沉阴愁拥，迤逦长城如线，络空垂海，野鹤飞归，不见东辽。

---

① 李叔同（1880—1942），初名文涛，改名岸，又名广侯、成蹊，字惜霜，号叔同，浙江平湖人，生于天津。光绪二十七年（1901）就读于南洋公学经济科。公费留学日本。在上野美术专门学校习油画。旋加入同盟会。于东京组织春柳社，编演戏剧。归国后，任教浙江第一师范学校、两江师范学堂。民国五年（1916）入杭州定慧寺为僧，法名演音，号弘一。多才艺，编歌演剧、作画治印无所不擅，又通数国文字。为南社社员。诗好作长短不齐之句，奇趣洋溢。词豪婉兼具。有《弘一法师文钞》。今人辑有《李叔同诗全编》，词在集中。

② 陈匪石（1883—1959），原名世宜，号小树，又号倦鹤，江宁人。早年就读尊经书院，曾随张次珊学词。入同盟会。又随朱祖谋研究词学，并入南社，编《七襄》刊物。历任上海各报记者，中国大学、华北大学、中央大学教授，1952 年任上海市文物保管委员会编纂。著有《旧时月色斋诗》《倦鹤近体乐府》《宋词举》《声执》。

摸鱼子·秦淮秋集，有歌旧作“折桂令”北词者，赋此寄慨

吴　梅[1]

荡晴波日长风静，烟纱窗外低护。隔帘一角遥山笑，看尽大江东去。春换主，怕陌上花开，忘却归时路。惊霜倦羽。甚草暗西洲，人来南国，和泪听莺语。

才华误，谁料旗亭又赋，黄河远上残句。鬓丝禅榻垂垂老，回首少年羁旅。心更苦，待手拨箜篌，唱彻公无渡。清游记取。问鸩鹊楼前，两三萤火，今夜向何许。

减字木兰花·过胥江有悼

吴　梅

风波咫尺，身逐胥涛留不得。落月江枫，行客愁听半夜钟。

西郊款段，陌上花开归缓缓。楚魄重招，应踏杨花过此桥。

西子妆·重过西湖

吴　梅

波冷袜尘，雾沉塔影，画里湖山非故。破空楼馆六桥边，漫重寻那时鸥鹭。繁华迅羽，总不是嬉春旧路。夜帘开，又广场灯火，鱼龙掀舞。

---

① 吴梅（1884—1939），字瞿安，一作癯庵，一字灵鳷，号霜崖，江苏长洲（今属江苏苏州）人。清诸生。清末任东吴大学、存古学堂教习。入民国，历任南京第四师范、北京大学、东南大学、中山大学、光华大学、中央大学、金陵大学教授。精戏曲学，与王国维并称两大家，且制谱、填词、按拍能一身任之。南社社员。有《霜崖诗录》《霜崖词录》《霜崖文录》及传奇《风洞山》、杂剧《湘真阁》等。

西陵去，陌上花秾，料共油壁遇。月明联臂踏歌来，正笛中紫云回步。欢场怕顾，待何处清凉闲住。对晴峦，一卧松窗梦午。

相思（其一）

郁曼陀[①]

相思减却一分肥，陌上花开缓缓归。
记否去年春事闹，满城风雪嫁徐妃。

一·二八后函鄞江，速晓因回京

吴妍因[②]

体贴年来渐入微，相依底事忽相违。
无端烽火连天逼，便尔文鸳各地飞。
人去空庭春寂寂，鸟啼寒食雨霏霏。
京华差幸安如故，陌上花开归不归？

① 郁曼陀（1884—1939），名华，以字行，浙江富阳人。早年考取官费留学日本。1910年毕业回国后任职外交部，辛亥革命后任京师审判厅推事。1913年再次东渡考察司法，回国后历任北京大理院推事、沈阳最高法院刑庭庭长、上海江苏高等法院第二分院刑庭庭长，受命于民族危难、寇深祸亟之际，主持正义，执法如山，终为敌伪汉奸暗杀，为民族利益与法律尊严慷慨献身。平生喜爱书画诗文，为南社成员，尤以《东京竹枝词》传诵一时。

② 吴妍因（1886—1975），原名萼嬴，中国近现代教育家，江阴人。曾任中华书局、商务印书馆编辑。后任教育部国民教育司司长等职。著有《风吹诗集》，郭沫若、俞平伯、马叙伦为书题辞。

次韵和李根香春日偶成五首（其四）

吴妍因

何处江关不奏笳，能归我亦痛无家。
吞声与落君前泪，缓步休歌陌上花。

高阳台

汪　东[①]

绣幕围香，金尊劝酒，舞衣轻约柔肢。璧月长圆，宵宵还照琼姿。多才自结行云伴，笑人间、几辈伤离。又争知、好梦先醒，佳会仍稀。

春情不似双栖燕，似阑前柳絮，陌上花枝。望断征轮，金钱未告归期。狂踪应惯成飘泊，算啼鹃、空到天涯。写新词、十幅巴笺，难寄相思。

① 汪东（1889—1963），初名东宝，后改名东，字旭初，号寄生、寄庵、梦秋，江苏吴县人。早年肄业于震旦学院。光绪三十一年（1905）赴日本留学，毕业于早稻田大学。在东京，参加同盟会。归国后，参加辛亥革命。民国建立后，历任大总统府法政咨议、内务部佥事、民治科第三司司长，象山、於潜、余杭等县知事，又先后任中央大学文学院院长，中文系主任、教授。中华人民共和国成立后，历任上海文管会委员、江苏省政协常委、苏州市政协副主席等职。与其兄荣宝，同为章炳麟高足，有“二妙”之誉。长期从事音韵、训诂、文字诸方面研究。为南社社员。诗宗李商隐，词尤工，夏敬观题识称其“善学周、柳，其最上乘者，泯绝蹊径，直入堂奥，意到辞谐，超然神理”。著有《秋梦词》《旭翁壬寅词》《旭翁癸卯词》。生平事迹见卢酉纯《汪旭初传》《南社丛谈·南社社友事略》。

鹧鸪天

汪　东

婀娜柔桑叶剪齐。揽袪相送立斜晖。别来情绪知何似，恰是春蚕上簇时。

书黯淡，梦依稀。唯凭双燕诉相思。丁宁莫忘临岐约，陌上花秾缓缓归。

陌上花·携内子重游荷兰花田，叔谟士铭两夫妇偕去

金问泗[①]

歌声陌上重游，恰趁踏青人满。易主谁家，忍过旧时庭院。相逢莫话沧桑事，生怕说来凄黯。况吾今六十，昏瞀催老，乘韶良倦。

尽平铺棱棱，春寒料峭，敛蕊舒苞参半。矮屋晴烘，婀娜百花开遍。水晶盘里蹁跹舞，娇忆汉宫飞燕。算河清可待，他年佳约，也应同践。

① 金问泗（1892—1968），小名连，号纯孺，浙江嘉兴人，金兆蕃三子。1910 年毕业于复旦公学。1915 年获天津北洋大学法学士学位。1916 年夏，应北京政府外交官领事官考试，考取后以政务科学习员入外交部，长期从事外交工作，退休后初居纽约，后移居华盛顿。1968 年 4 月 21 日在华盛顿病逝。

洞仙歌·赠内

姚鹓雏[①]

萧郎漂泊，看故园春尽。断梦模糊记庭户。忆分杯帐底，却扇床头，消受惯，薄怒佯痴情绪。

簪奁应无改，宵分寒轻，犹忆凭栏寻绮语。离别信何如，陌上花开，待看取、乡关烟树。怕归去、倦鸿才知还，又逼着离群，飘摇风雨。

陌上花开

徐志摩[②]

阳春三月，风和日暖；信步城外，看阡陌之上杨柳依依，野花绚烂，身心不由得轻爽而浪漫。

漫步陌上，只因陌上花开；花是自然的那种，朴素而恬淡，不落尘俗。“三月风情陌上花”，是花在其中生命得以璀璨，人在其中心情得以畅然的一种意境。这意境，枝繁叶茂，从古代长到现代，不枯不衰；

---

① 姚鹓雏（1892—1954），原名锡钧，字雄伯，笔名龙公，松江县人，家住西门外祭江亭西。近代文学家。入南社。晚年任松江县副县长。有《恬养怡诗》《苍雪词》《沈家园传奇》等。

② 徐志摩（1897—1931），名章垿，字志摩，小字幼申。曾用笔名南湖、云中鹤。浙江海宁县硖石镇人。现代诗人、散文家，新月派代表诗人，新月诗社成员。1915 年毕业于杭州一中，先后就读于上海沪江大学、天津北洋大学和北京大学。1918 年赴美国学习银行学。1921 年赴英国留学，入剑桥大学当特别生，研究政治经济学。在剑桥两年深受西方教育的熏陶及欧美浪漫主义和唯美派诗人的影响。1931 年 11 月 19 日，由南京乘飞机到北平，因遇大雾，飞机在济南附近触山失事，他因而遇难。有《志摩的诗》《翡冷翠的一夜》《猛虎集》《云游》等。

又如水，岁岁年年，流淌在阡陌之上，不知迷醉过古今几个王公贵族、粉黛佳丽、骚人墨客、凡男俗女，三月陌上花，让人爱让人痴，恍惚人的骨子里头都沉淀了花的影子，花的风韵。

陌上花开，假如没有了从俗累的生活中走出来，悄然伫立阡陌并为陌上风情所陶醉的人，那么花开也寂寞，风情也苍白。于是，一句“陌上花开，可缓缓归矣”不知被几个人吟颂了几个遍，人归缓缓，那花便有灵性，便开得执着，陌上风情也被撩拨得浓郁而热烈。

那是春天里一幅最美妙的图画：在粉黛佳丽的簇拥下，一位美若天仙、仪态雍容的贵夫人，款摆腰肢，走在一千多年前的江南临安的阡陌上，这时，一骑快马飘然而至，驿者把一封书信递给贵夫人。原来，吴越王嘱爱妃只管消受春色，不必急着回宫，“陌上花开，可缓缓归矣”。缓缓归，缓缓归。多么柔情的一句话！

只是再柔情、再体贴的话，也难以使国家逃脱倾覆的恶运。怜美惜春的柔情敌不了剑戟弓弩的无情。吴越王烟逝，爱妃云去，留下一个美丽的故事游荡在临安的陌上，供人凭吊，在吴越国“国除”的百十来年后的一个秋天，诗人东坡来到了临安。历史似乎特意安排东坡在秋天踏上临安的土地，陌上春天花开，秋天亦花开，只是春天的骨子里透的是柔情，而秋天的骨子里透出的却是萧瑟。东坡怅对古人，一番凭吊，三首《陌上花》于胸中郁结，一吐而快。“陌上花开蝴蝶飞，江山犹是昔人非……”，诗人一唱三叹中，浸染着人事胜衰的感慨。陌上花，就这样开在历史的车辙中，栉风沐雨，浸透艳丽与沧桑，令人唏嘘不已。

我几乎要拜倒在陌上花的面前了。我突然觉得这一束束、一丛丛开了又落，落了又开的陌上花，简直就是为了人类的历史与文化而开落。我不敢说可以触摸历史与文化，但我可以觉悟地抚摸陌上娇嫩而顽强的花朵。陌上花开缓缓归，这不仅意味着悠闲、诗意，而更大的意义在于，让我们的心灵在恬静的陌上花开中恬静如花，回归自然，回归人类的历史与文化。

缓缓归，缓缓归，披一袭“三月风情”，再采一束“陌上花”，缓缓归。缓缓归，我心已是陌上花开。

鹊踏枝·和冯延巳

顾　随[①]

明月寒光疑向曙。独坐深闺，检点新情绪。香烬炉烟余淡雾。轻盈还恐随风去。

日日愁思兼愁缕。一自分携，忘却来时路。陌上花开莺乱语。人间可有相逢处。

---

① 顾随（1897—1960），本名顾宝随，字羡季，号苦水，别号驼庵，河北清河人。1919 年毕业于北京大学。历任河北、燕京、辅仁大学教授。有《无病词》《味辛词》《荒原词》《留春词》《积木词》《霰集词》《濡露词》《闻角词》《苦水诗存》《倦驼庵稼轩词说》《倦驼庵东坡词说》《顾随文集》《顾随诗文论丛》。

浪淘沙

丰子恺[①]

百卉竞春阳，九十韶光。少年裘马自疏狂。记得小桥垂柳外，红雨沾裳。

溪水碧汤汤，越女吴艭。谁家女伴斗新妆。陌上花开归缓缓，风递衣香。

陌上花

张伯驹[②]

行云逝水，东风吹老，少年歌舞。酒醒更阑，唯有梦时来去。未寻往事肠先断，隔槛怕听鹦鹉。忆销魂最是，画楼斜日，绿窗疏雨。

恁春来太早，花开陌上，不管人归何处。路远天涯，草

① 丰子恺（1898—1975），名仁，又名婴行，浙江桐乡人，中国现代散文家、画家、文学翻译家。青少年时代深受佛教影响，皈依佛门。1914 年考入浙江省立第一师范学校，酷爱图画和音乐。1921 年自费赴日本学习音乐和美术。回国后，在上海等地长期从事艺术教育事业，并开始美术和文学创作。1924 年，与友人创办文达学园。抗战之前，他出版了大量的绘画和文学作品，如《儿童漫画》《缘缘堂随笔》等。主要著作有散文集《缘缘堂随笔》《缘缘堂再笔》《随笔二十篇》《子恺随笔集》《车厢社会》《子恺近作散文集》《甘美的口味》等，译著有日本古典文学巨著《源氏物语》、里田鹏信的《艺术概论》、厨川白村的《苦闷的象征》，俄国屠格涅夫的《初恋》《猎人笔记》等。

② 张伯驹（1898—1982），字家骐，号丛碧，别号春游主人、好好先生。河南项城人，张锦芳子，过继伯父张镇芳。为收藏鉴赏家、书画家、诗词学家、京剧艺术研究家。曾任故宫博物院专门委员、国家文物局鉴定委员会委员，吉林省博物馆副研究员、副馆长，中央文史馆馆员。有《张伯驹词集》《丛碧词话》《红毹记梦》等，与黄君坦合著《清词选》。

色更无重数。冶游几日芳菲地，都换浮萍飞絮。把心期细问，多情脉脉，欲言谁诉？

病后看花

程坚甫[1]

伫立衰翁病起才，喜看红紫一齐开。
盈盈春意枝头闹，缓缓歌声陌上来。
未绝友交常入市，犹遵医嘱暂停杯。
花香沁骨堪延寿，底用倾囊买药材。

鹧鸪天·花朝后二日，碧珠、寄侬来访山楼

詹安泰[2]

投老情怀兀自支，犹能哀怨到蛾眉。相逢陌上花无语，小隔烘帘燕不归。

① 程坚甫（1899—1989），本名君练，号半叟，广东台山人。出身于画工之家，中学毕业后曾任燕塘军校图书管理员、广东省盐业公会秘书、韶关警察局文书、中山地方法院秘书、广东省高等法院汕头分院秘书等职。1948年秋去职还乡，靠种菜维生。新中国成立后，程坚甫创作了千余首优秀诗作，真实地记录了自己的心路历程和社会变迁。著有《不磷室诗存》《西山半叟诗集》等，现有陈中美采编的《程坚甫诗存》（香港华夏出版社2010年版）发行。

② 詹安泰（1902—1967），字祝南，号无庵，广东饶平人，著名词学家，尤精研于宋词，斋号潄宋室。求学于广东高等师范学校，毕业于国立广东大学（后改名国立中山大学）。任教于广东省立第二师范学校（今韩山师范学院）、中山大学。有《无庵词》《花外集笺注》《李璟李煜词》《姜词笺释》《碧山词笺证》《宋词散论》《詹安泰词学论稿》等。

灯外月，水边梨。童心长与梦相欺。得来闲话宁非数，肠断楼东只汝知。

四月七日与荣显弟携儿女辈为亡妻及瑛妹扫墓二首（其二）

刘东父[①]

十年荒冢是耶非，儿女情深老泪挥。
陌上花开归缓缓，垄头云散别依依。
春残每恨鹃啼苦，梦远徒伤雁阵稀。
愁爇灵香闻郁烈，招魂不返送斜辉。

陌上花·癸酉清明过钱王祠

龙榆生[②]

丹青遗庙，依然清供，旧时歌管。信美湖烟，消得故王心眼。绿芜遮断长堤路，待看翠軿归缓。羡双飞蛱蝶，困人天气，薄寒轻暖。

保江山，何有三千劲弩，逆射狂潮东窜。可奈豪情，未抵草薰风软。陌头又见花争发，添了几重公案。怅鱼龙、浪

① 刘东父（1902—1980），名恒壁，以字行，号乐无居士、旷翁，四川双流人。1954 年被聘为四川省文史研究馆馆员。有《旷翁诗钞》，内有《忆剑楼词》。

② 龙榆生（1902—1966），名沐勋，以字行，号龙七、箨翁、忍寒居士，斋号无著庵、小五柳堂，江西万载人。朱彊村弟子。曾在暨南大学、中山大学、复旦大学、南京中央大学任教。精研词学，曾主编《词学季刊》《同声月刊》。有《唐宋词格律》《唐宋名家词选》《近三百年名家词选》《词曲概论》《中国韵文史》《风雨龙吟室词》《忍寒词》等。

起斜阳一角，逝魂宁返。

多丽・咏落花

黄咏雩[①]

梦惺忪。繁华回首成空。对离筵、谁家燕子，几番蹴碎香茸。镜奁欹、粉肌麝褪，金铃动、瑰泪猩融。流水无言，游丝乱扑，一春烟雨总蒙蒙。那管得、坠茵坠溷，憔悴只应同。徒延伫、愁鱼搅翠，妒蝶捎红。

算从来、繁英开落，当时一样匆匆。缓歌归、钱塘陌上，回身舞、金谷楼中。熟实谁甘，大枝先折，飘零何事怨东风。且分付、廿番风讯，岁岁好相逢。销魂处、绿阴芳草，啼鸟帘栊。

血压三首（其二）

聂绀弩[②]

乾坤斗大一囚顽，四顾千山尽赭衣。

血压猛高情仿佛，大人难说势岿巍。

---

① 黄咏雩（1902—1975），广东南海盐步横江村人。民初担任广州粮食商会会长，1928 年任广州米糠发行同业公会主席，1929 年晋升为广州总商会委员。1932 年起，担任广东商会联合会首任主席。1933 年主持创建广州商科学校。1947 年，被任命为广州爱育善堂管理委员会主任委员，不受薪，全权管理爱育善堂的工作。黄咏雩博学多才，集诗人、学者、教育活动家、文物考古鉴藏家、工商企业家及社会活动家、慈善家于一身。

② 聂绀弩（1903—1986），曾用笔名耳耶、二鸦、箫今度等，湖北京山人。新中国著名诗人、散文家。聂绀弩的诗作新奇而不失韵味、幽默而满含辛酸，被称作“独具一格的散宜生体”。曾任人民文学出版社副总编辑兼古典文学部主任。有《散宜生诗》。

山中木落权枯卧，陌上花开或缓归。
三十万言书好在，岂真吾道遂全非。

鹊踏枝三首（其二）

卢　前[①]

芳草天涯犹似昨。未老韦郎，依旧成漂泊。如此江山原不恶。归来恐化辽阳鹤。

陌上花开春有约。杨柳千条，还是依城郭。愁到湘楼杯酒薄。不许浪说还京乐。

清明后一日傍晚白堤缓步，至放鹤亭小憩，归途得诗一首

洪传经[②]

醉余策杖倚荒亭，隔叶黄鹂伴我鸣。
四面朱霞催日落，一堤绿柳焕春荣。

---

① 卢前（1905—1951），原名正绅，字冀野，号小疏，别署饮虹簃主人等。江苏江宁（今属江苏南京）人。于东南大学受教于词曲大师吴梅。毕业后历任金陵、成都、中央、中山、暨南等大学教授，福建永安国立音专校长，重庆《中华乐府》编辑，南京通志馆馆长等职。一生致力于词曲研究，著作甚丰，有《红水词集》《酒边集》《南北曲溯源》《词曲研究》《广中原音韵小令定格》《中兴鼓吹》《乐府古辞考》等，校勘有《南唐二主词》《金陵卢氏饮虹簃丛书》第一集至第四集等。

② 洪传经（1906—1972），字敦六，号还读轩主，晚年又自号盾叟。1924 年考取中央大学，1930 年毕业后，赴英、法两国留学深造。1932 年在法国获经济博士学位。1933 年被选为国际学生会副会长。旋即周游欧洲等国。7 年后回国，先后任教于长沙、成都、兰州各大学。1955 年从兰州大学辞职南返，卜居杭州。著有《工团论》《高等财政经济学》等。另著有《黄叶集》《长啸集》《中庸研究》等。

抬头不见梳翎鹤，侧耳疑闻唤妇声。
陌上花开卿缓去，千年文物忆升平。

鹊踏枝（其二）

陈迩冬[①]

邕市送春，屡欲游合浦，未果行。百无聊赖，时将还京。

陌上花开歌缓缓。我马虺隤，应是归时晚。好约迟来浑已惯，南溟闲看春云展。

苍狗白衣终易散。毕竟斜阳，更比朝阳幻。千里婵娟沧海伴，徘徊天烛怜光满。

重　来

程千帆[②]

青春无那去堂堂，别久流光共梦长。
玉树琼枝后庭曲，锦鞯骄马冶游郎。

① 陈迩冬（1913—1990），曾名仲瑶，笔名沈冬、冬郎、蕴庵、皇甫鼎，广西桂林人。供职教育、报界。有《苏轼诗选》《苏轼词选》《苏东坡诗词选》《韩愈诗选》《东坡小品》《宋词略说》《它山室诗话》《读红楼梦零札》《史记选注》《康有为诗文选》《中国近代文论选》等。

② 程千帆（1913—2000），湖南长沙人。原名逢会，改名会昌，字伯昊，别号闲堂。千帆是其笔名之一，遂通用此名。著名中国古代文史学家、校雠学家，南京大学教授。著有《校雠广义》《史通笺记》《文论十笺》《程氏汉语文学通史》《两宋文学史》《唐代进士行卷与文学》《闲堂文薮》《古诗考索》《读宋诗随笔》等，学术造诣精深。有影印手钞本《闲堂诗文合钞》行世。

江干桃叶非前渡，陌上花钿歇故香。

莫恨相思不相见，重来应减少年狂。

陌上花

吕小薇[1]

一九八三年春暮，京行方南归，独对小庭花树，虚室寒灰，思故人生死之隔，怆然感赋。

孤鸿燕北归来，归也又惊春晚。迎柬谁裁，陌上空歌缓缓。篆香一炷试招魂，奈化轻烟飞散。待吟笺焚与，万千心事，不成都幻。

换韶光、绕砌花篱草，舞碧飞红参半。如此黄昏，争得更匀寒暖。最伤懵懂床前别，还道十年相挽。到如今、剩对雕盒寒灰，伴予凄惋。

① 吕小薇（1915—2006），名蕴华，号竹村，江苏武进人。1933年毕业于无锡国专。抗战中，流寓江西。从事中高校教学及古籍整理工作四十余年。曾任江西诗词学会副会长及《江西诗词》编委。平生酷耽吟咏，尤嗜填词。曾从唐文治、钱基博、陈衍、朱叔子、冯振、叶长青、王蘧常等先辈学古文辞。著有《西湖诗词》《竹村韵语剩稿》等。

此时无绝色十首（其二）

胡惠溥[1]

陌上花开日，春风二月天。
青山初扫黛，绿柳乍装绵。
静里鸢鱼跃，闲中景物妍。
此时无绝色，顾影惜韶年。

零雨阴翳，慨然有感于桃花人面者，书示内子

胡惠溥

春风稚柳爱天韶，何以为家万念潮。
七载梦回真是梦，异乡销者讵能销。
频添酸泪斑斑雨，难展愁心叶叶蕉。
陌上花开歌缓缓，青溪敢背我负桃。

① 胡惠溥（1915—1993），字希渊，别署倚天长剑楼，晚署半亩园，四川泸州人。少时与其父胡嘉鹤同为泸州名彦李敖虎先生门生，年方弱冠即撰考据专著《非章炳麟诸子学说略》，又著《文字声义浅说》阐释《说文解字》，为前清耆老宿儒首肯。年三十，受知于章士钊，邀赴重庆入饮河诗社，与高二适、叶圣陶、沈尹默、俞平伯、朱自清、吴宓等游。三年后返泸州二中任教。著有《半亩园诗钞》《素绚词》等。

锦堂春慢

林士模[①]

陌上花香，楼中春暖，梁间燕子归来。细语呢喃，重诉旧日幽怀。人道世情无定，我说大造诙谐。问无端风雨，覆卵倾巢，谁与安排？

万千人头何去？看屠刀无罪，鬼魅成灾。几许窦娥坠泪，遍野鸿哀。谁记斑斑点点，廿年矣，煞尽英才。喜梦巫峰神女，此日招魂，重入荒台。

清平乐（其一）

饶宗颐[②]

偶见詹无庵囊作小词，惊采绝艳，次韵二首。

看天不语。底事秋同住。陌上秋花秋泪古。禁得几番秋雨。

秋心聊托瑶琴。殊方冷落宵襟。相见白头无分，芭蕉雨打秋心。

① 林士模（1917—1980），又名林楠，出生于福建诏安。曾祖父林天翔为举人，祖父林辰是童生。从祖父林壬为光绪丁丑（1877）科进士，授翰林院编修，国史馆协修。父林仲姚（景崇）为民国著名教育家。抗日战争爆发，林士模投奔新四军，并于1938年加入中国共产党，后从事地下工作和抗日宣传活动。曾任中共诏安城关支部第一任书记。1949年加入东江纵队，遂奉调漳州参与接管。20世纪50年代初，在诏安县人民政府任文教科科长，后辞去行政职务到中学任教。己未年腊月廿四日（1980年2月10日）病逝。生平事迹载《诏安文史资料》。诗词选集《沧浪室遗稿》由其幼子林英男搜集整理校勘。

② 饶宗颐（1917—2018），字固庵，号选堂，广东潮州人。历任无锡国专、广东文理学院、华南大学教授。1949年移居香港，从事教学、研究。有《选堂诗词集》。

惠山看木樨（其二）

严古津①

抱疾犹能咏小诗，饮泉冷暖自家知。

长安陌上花经眼，惜取南山桂一枝。

四十自讼八首（其五）

陈以鸿②

调弦弄管两无成，俯仰惊看岁月更。

金尽惟余书可卖，砚荒空有笔能耕。

檐边雨滴添愁思，陌上花开动客情。

兀自引吭歌一曲，任人误作不平鸣。

齐天乐·人日前夕访杜甫草堂

刘永平③

野梅争吐寒江外，吟庐雾开清晓。花径通幽，虹桥引渡，难涤古今愁抱。残灯半槁。想去国衣冠，浣溪鳞爪，触目凄凉，恨无香篆案边绕。

---

① 严古津（1918—1975），学者，诗人，江苏无锡人。原名署根，字古津。别号沧浪生。早年毕业于唐文治先生所创办的国学专修馆，曾受业于钱名山、王蘧常、钱仲联、夏承焘等文坛泰斗，其诗词、文学皆得诸名师亲授。著有《沧浪生诗稿》。

② 陈以鸿（1923— ），字景龙，江苏江阴人。翻译家、诗人、吟诵家。吴语地区吟诵代表人物，“唐调”传人。

③ 刘永平（1924— ），字庸屏，号大同居士，河南许昌人。毕业于四川大学中国文学系，研究中国文学理论及诗词名家专题评论。

低回苔院记省，更逢人前夕，寻春先到。梦惯家山，身犹寄旅，雁过南天多少。扬鞭侧帽。看漫卷诗书，冶情渔钓。陌上花开，盼侬归去早。

临江仙·陌上花残莺懒

刘永平

陌上花残莺懒，柳边舟小波萦。掠衣飞燕系闲情。野云风卷絮，斜日雾笼晴。

避缴征鸿初落，向阳春草还生。思归愁过短长亭。醉中迷旧路，况又隔层城。

过高旺

俞　律[1]

古道凄迷草乱侵，郊原驻足独沉吟。
林间鸟语深难解，陌上花开老厌寻。
倦客偏逢多事日，看山空有少年心。
春来风雨大伤稼，细问明朝晴与阴。

① 俞律（1928—　），出生于扬州，1946年毕业于上海中学，1951年毕业于光华大学。曾任南京市作协副主席、秘书长，南京市文联研究室研究员，青春文学院教务主任，南京市政协常委。现为中国作家协会会员，江苏省政协书画室特聘画师，南京市政协京剧联谊会副会长等。

题画竹绝句

孙玄常[①]

一叶夷犹听竹枝，新篁春水碧迷离。
为君唤起江南梦，陌上花开记昔时。

蝶恋花

陈永正[②]

日日盼春延独伫。昼晦云昏，转觉心酸楚。流潦何妨佳约阻。明知陌上花经雨。

纵是飘零犹有据。万一秾华，不愿成香土。和恨和愁江上去。此情能问东君否。

---

① 孙玄常（1941—　），名功炎，以字行，浙江海宁人。杭州艺专毕业，任人民教育出版社《汉语课本》《语文学习》杂志编辑多年。早年即爱好诗词。先致力于昭明《文选》，复学杜甫、韩愈而及王安石、苏轼、黄庭坚。尤喜姜夔诗词，撰《姜白石诗集笺注》。又治经学及语言音韵之学，出版著述多种。著有《瓠落斋诗词钞》。

② 陈永正（1941—　），字止水，号沚斋。原籍广东省茂名高州市，世居广州。1962 年毕业于华南师范大学中文系，任广州市第三十六中学语文教师。1978 年考取中山大学中文系古文字专业研究生，1981 年获文学硕士学位，留校工作。现为中山大学中国古文献研究所研究员、中文系博士生导师，中山大学—香港中文大学华南文献研究中心主任，中山大学岭南文献研究室主任，中国书法家协会第四、五届副主席，广东省书法家协会名誉主席，中华诗教学会会长。

那朵陌上花

竺　泉[1]

人生旅途一幅画
路弯有分岔
相见一杯茶
相恋一朵花
陌上花陌上花
年少风发浪迹天涯
心绪在人牵挂
亭上望朝霞
风雨路灯下
夜深梦圆
又见那朵
含笑的苦菜花

① 竺泉（1950—　），名王永昌，哲学博士，浙江省文史馆馆长，浙江大学教授、博士生导师，浙商发展研究院院长。

后　记

三月风情，陌上花绚烂，驿使快马疾驰，手札上写着“陌上花开，可缓缓归矣”。吴越王的柔情、体贴，王妃的欣喜、爱怜，以及随之而来的浪漫诗意，让凡夫俗子吟唱，令文人墨客感叹。春日载阳，伴着花香，连白昼的脚步都变得缓慢多情。

本汇编收录了自唐代以来与“陌上花”主题相关的诗词文学作品，在这些诗歌中可以读到“陌上花”作为文学意象所发生的变化。“陌上花”最早可追溯到唐代，“君不见陌上花，狂风吹去落谁家”。唐人笔下的“陌上花”直接粗犷，同时充满悲剧性的意蕴。宋人可谓真正发现并确立了“陌上花”的文学美感。苏轼、晁补之等人以“陌上花”进行诗词唱和，使得这一意象深入人心。在东坡诗词中，富贵名利如同朝露般短暂，远不如“陌上花”来得诗意风流，这一意象正是大自然永恒的隐喻。

“陌上花”这一文学意象有着多重意蕴。在诗词中既可以单独出现，又可与“涧底松”等意象组合出现，具有不畏风雨、坚韧顽强的精神意涵，也是独立自我、与世无争、恬淡清雅的心境象征。后世诗人运用“陌上花”意象时，往往通过诗境的整体营构，凸显“陌上花”的情致和风韵，同时亦用“陌上花”互表情意。明末清初的钱谦益与柳如是以“陌上花”为中心意象的诗歌往还，可以说达到了诗境营构与诗情表达的统一。

为君唤起钱塘梦，陌上花开忆昔时。“陌上花”意象同时具有强烈的地域性。在游览钱王祠，或者祭祀钱王的诗歌中，“钱江弩”与“陌上花”一起构成了刚柔并济的吴越王形象，可以说，“陌上花”成了五代吴越国以及吴越王钱镠柔情的符号象征，譬如陶玉珂《偕凌衡甫和钧谒钱武肃王祠》中的“箭落潮头自神武，花歌陌上亦风流”，赵翼《西湖咏古六首》（其二）中的“千秋英气潮头弩，三月风情陌上花”等，这些诗句往往将剑戟弓弩与怜美惜春相对仗，英气与柔情结合得美妙和谐。“陌上花”意象在刚柔并蓄的钱塘文化中承担着唯美抒情的一面，为杭州这座既有静谧西子湖、又有澎湃钱塘江的东南都市，增添了更为丰富的壮美因素。

“陌上花”这一审美意象并不是一成不变的，其自身有着现代性的转化。在徐志摩《陌上花开》中，充满着对自我与外界关系的哲学性思考。“陌上花”从审美意象演变为一种生活态度，一种处世精神。诗人竺泉《那朵陌上花》，借陌上花续写人生境遇及怀念情感，陌上花这一意象则充满着春天的气息和生命的色彩，表现珍爱生命境遇，感恩岁月风雨的另一种哲思与审美。

“陌上花”精神对于现代社会的发展，对于人与自然关系的省思有着重要价值。因此，挖掘“陌上花”中蕴含的纯真率意、生生不息的精神，与大自然融为一体、相得益彰的哲理，对接当代人的生活理念，舒缓现代社会人与外界的紧张感、焦虑感，从而达到“诗意地栖居”，就显得极其重要了。

天目山下，钱塘江畔，花开陌上歌旧曲。这寻常的田间阡陌，苏东坡走过，周邦彦唱过，这是历代诗人共通的文化记忆。“陌上花”意象，在不断的书写中成为江南—杭州—临安的地域符号，并且具有鲜活的历史文化底蕴。

深入挖掘、追寻和褒扬“陌上花”文化遗产，更具有多重的现实意义。

一、引导符合现代社会且面向未来社会的世界观、价值观和生活方式。诗意生活始终是人们所追求的一种美好生活状态。从诗歌维度思考如何让生活更富有诗情画意，创造一个更加美好的社会，其中一种方法就是人类与自然互为融通并成为一体，而陌上花的审美情感能以身边花草场景切合这种具象的生活态度和生活方式。

二、引导现代诗歌某种创作方向和创作情怀。陌上花文化提倡要回归自然、回归历史、回归文化、回归内心的恬静状态。通过挖掘“陌上花”中蕴含的纯真率意、生生不息的精神，与大自然融为一体、相得益彰的哲理，并将我们的诗歌和文学作品升华到如此理想，使现代诗歌中产生一种简约真实的自然美、人文美、历史美、心灵美相融合的境界。

三、引导具有鲜明杭州、临安特色的文化品牌。浙江省第十五次党代会指出，要着力推进全域文化繁荣全民精神富有，打造新时代文化艺术标识。我们要从区域文化的向度、江南文化的气度上去把握，把陌上花融入到千年的吴越文化之中，将其打造成江南文化这一“大文章”中具有较高辨识度的“小切口”，将其培育、塑造成杭州文化中具有特色亮点的文化品牌，使其成为杭州文脉悠长的重要支流、杭州人民文化自信的重要来源。

无论是文学意象还是地域文化符号，“陌上花”都是千年吴越文化的体现，可以将其培育、塑造成临安、杭州乃至浙江文化中具有特色亮点的文化品牌，打造出新时代文化的艺术标识。